# Bianca

## SIN OLVIDO
### HEIDI RICE

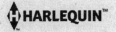

**HARLEQUIN**™

Editado por Harlequin Ibérica.
Una división de HarperCollins Ibérica, S.A.
Núñez de Balboa, 56
28001 Madrid

I.S.B.N.: 978-84-9170-124-8
Depósito legal: M-28121-2017
Impresión en CPI (Barcelona)
Fecha impresion para Argentina: 11.6.18
Distribuidor exclusivo para España: LOGISTA
Distribuidores para México: CODIPLYRSA y Despacho Flores
Distribuidores para Argentina: Interior, DGP, S.A. Alvarado 2118.
Cap. Fed./Buenos Aires y Gran Buenos Aires, VACCARO HNOS.

# Capítulo 1

**X**ANTHE CARMICHAEL entró en el vestíbulo de cristal y acero del edificio de oficinas de veintiséis pisos, en West Side Manhattan, en el que se encontraba Redmond Design Studios. El repiqueteo de sus tacones en el suelo de losas decía exactamente lo que quería que dijera:

«Cuidado, chicos, mujer desdeñada en pie de guerra».

Ahora, diez años después de que Dane Redmond la abandonara en un sórdido motel en las afueras de Boston, estaba dispuesta a poner punto final a tan catastrófica relación.

Tras dos días de intentar dilucidar cómo iba a manejar la explosiva situación que Bill Spencer, el director de su equipo de abogados, le había presentado el miércoles al mediodía, y de seis horas de vuelo desde Londres, Xanthe estaba preparada para cualquier eventualidad.

Al margen de lo que Dane Redmond hubiera podido significar para ella a la temprana edad de diecisiete años, la potencial desastrosa situación que Bill había destapado no era personal, sino profesional. Y no permitía que nada entorpeciera su negocio.

Carmichael's, la compañía naviera de doscientos

años propiedad de su familia, era lo único que le importaba en la vida. Estaba dispuesta a hacer lo que fuera necesario para proteger a la empresa y también su nuevo cargo como directora ejecutiva y accionista mayoritaria.

—Hola, soy la señora Sanders, de Londres, Inglaterra —dijo Xanthe a la recepcionista, de aspecto impecable.

Al pedirle a su secretaria que concertara la cita, le había instruido que lo hiciera utilizando ese nombre falso. Por muy segura que estuviera de sí misma, no iba a darle a Dane ninguna ventaja.

—Tengo una cita con el señor Redmond —añadió Xanthe.

La sonrisa de la recepcionista era tan impecable como su aspecto.

—Es un placer conocerla, señora Sanders —la recepcionista descolgó el auricular del teléfono—. Por favor, siéntese. Mel Mathews, la secretaria del señor Redmond, bajará enseguida para acompañarla al decimoctavo piso.

A Xanthe le latía el corazón mientras volvía a cruzar el vestíbulo bajo el modelo tamaño natural de un enorme catamarán que colgaba del techo y que, según anunciaba una placa de bronce, había hecho que Redmond Design ganara dos veces consecutivas un prestigioso trofeo de vela.

Resistió la tentación de chuparse el carmín de labios que se había aplicado durante el trayecto desde el aeropuerto JFK.

La explosiva noticia de Bill habría sido menos problemática si Dane hubiera seguido siendo el chico al que su padre había calificado desdeñosamente como «una rata de muelle sin clase y sin futuro»; sin embargo, se negaba a que el fenomenal éxito de Dane la intimidara.

Estaba allí para demostrarle con quién se la estaba jugando.

Pero mientras contemplaba el ostentoso diseño de las nuevas oficinas de Dane en el Meatpacking District, un barrio muy de moda en Nueva York, y las vistas al río Hudson, tuvo que reconocer que el meteórico éxito del negocio de Dane y su posición como uno de los principales diseñadores de barcos veleros del mundo no le sorprendía.

Dane siempre había sido inteligente y ambicioso, navegante por naturaleza, más a gusto en el mar que en tierra, motivo por el que el administrador de la finca de su padre le había contratado años atrás en los viñedos Martha's para tareas de mantenimiento de los dos yates y un crucero de bolsillo que su padre tenía en la casa de vacaciones de la familia.

Las tareas de mantenimiento en lo que a la ingenua hija de Charles Carmichael se refería había corrido por cuenta propia.

Le temblaron los muslos al recordar aquellos dedos acariciándole la piel, pero continuó andando.

Toda esa energía y decisión le habían resultado irresistibles. Eso y la habilidad de él para hacerla enloquecer y alcanzar el orgasmo en un minuto o menos.

Xanthe dejó la cartera encima de una mesa de centro y se sentó en uno de los sillones de cuero del vestíbulo.

«Vamos, Xan, no pienses en el sexo».

Cruzó las piernas y juntó las rodillas en un intento por detener el calor que sentía en la entrepierna. Ni siquiera el poder sexual de Dane podía compensar el dolor que le había causado.

Ocultó sus perturbadores pensamientos con una tensa sonrisa mientras se le acercaba una mujer de treinta y tantos años. Agarró la cartera que contenía los documentos, se puso en pie y se alegró de que los muslos casi hubieran dejado de temblarle.

«Dane Redmond no es el único chico malo. Ya no».


Xanthe dejó atrás a la chica mala para acabar sintiéndose como un cordero a punto de ser sacrificado cinco minutos más tarde mientras la secretaria la hacía recorrer una sala repleta de gente joven trabajando delante de mesas de dibujo y ordenadores en el piso decimoctavo.

La adrenalina que había corrido por sus venas durante cuarenta y ocho horas empezó a abandonarla mientras se aproximaban a un rincón acristalado, despacho del hombre cuya silueta se perfilaba con la costa de Nueva Jersey de fondo.

El hombre de anchos hombros y estrechas caderas vestía unos elegantes pantalones grises y camisa blanca. Pero su imponente estatura y, con la camisa remangada, la vista de los músculos de sus brazos y del tatuaje que cubría su antebrazo izquierdo traicionaban al lobo que se ocultaba bajo tan cara vestimenta.

Una capa de sudor cubrió su escote bajo la camisa de seda color melocotón y el traje azul.

Las fotos de Internet no habían hecho justicia a Dane Redmond, pensó mientras se le formaba un nudo en la garganta.

Se obligó a poner un pie delante del otro cuando la secretaria llamó a la puerta del despacho y la hizo pasar.

Unos ojos azules brutales se clavaron en ella.

Momentáneamente, una chispa de reconocimiento e incredulidad suavizó los rasgos de él. Sin embargo, al momento, él tensó la mandíbula y el hoyuelo de su barbilla pareció temblar ligeramente.

¿Cómo se le había ocurrido pensar que los años, el dinero y el éxito habrían refinado, o domesticado, a Dane; o, al menos, le habrían hecho parecer menos intenso y amenazante?

Se había equivocado. Eso o acababa de atravesarla un rayo.

—Esta es la señora Sanders de...

—Déjanos, Mel —interrumpió Dane a su secretaria—. Y cierra la puerta.

La ronca orden la hizo estremecer y le recordó todas las órdenes que él le había dado en ese mismo tono de esperar obediencia ciega. Y la humillante rapidez con que ella había obedecido.

«Relájate, no te va a doler. Te lo juro».

«Ya verás, va a ser la mejor experiencia de tu vida».

«Sé cuidar de mí mismo, Xan. Eso no es negociable».

La secretaria cerró la puerta al salir.

Xanthe agarró con tal fuerza el asa de la cartera que se rompió una uña. Alzó la barbilla.

–Hola, Dane –dijo Xanthe, alegrándose de que la voz le hubiera salido relativamente clara y sin que le temblara.

No iba a permitir que una reacción física la desviara de su propósito. Habían pasado diez años.

–Hola, *señora Sanders*. Si has venido a comprar un barco, me temo que no va a ser posible.

Dane la miró de arriba abajo con insolencia y añadió:

–No hago tratos con niñas de papá. Y menos con una niña de papá con la que cometí la estupidez de casarme.

# Capítulo 2

**X**ANTHE CARMICHAEL.

Dane Redmond acababa de recibir una patada en el estómago. Y le estaba costando disimularlo lo que no estaba escrito.

Xanthe Carmichael, la chica que había invadido sus sueños y sus pesadillas, había tenido la desfachatez de presentarse en las oficinas de la empresa que había levantado de la nada como si tuviera derecho a invadir su vida una vez más después de haberle echado a patadas.

Xanthe había cambiado, ya no era la jovencita de antaño, ahora era todo traje formal y tacones altos.

Sin embargo, esos grandes ojos rasgados verde azulado de aspecto felino seguían igual. Lo mismo ocurría con su cutis y las pecas sobre la nariz que el maquillaje no había conseguido ocultar. Y ahí seguía ese exuberante cabello rojizo dorado, recogido severamente en un moño, a excepción de unas hebras que habían escapado y se habían pegado a la garganta de Xanthe.

El sonrojo de sus mejillas y el brillo de sus ojos la hacían parecer la reina de un cuento de hadas tras tragarse una cucaracha. Pero él sabía que Xanthe, con ese extraordinario cuerpo y la misma integridad que una serpiente, era mucho peor que una sirena dedicada a hechizar a los hombres hasta conseguir su destrucción.

Sin embargo, esa mujer ya no significaba nada para él. Nada. Diez años atrás, mientras yacía en la carretera de acceso a la casa de vacaciones del padre de Xanthe, en sus viñedos, con tres costillas rotas y más moratones de los que su propio padre solía hacerle cuando tenía un día malo, enfadado, humillado y dolido, se había jurado a sí mismo que ninguna mujer volvería a burlarse de él. Nunca.

—Estoy aquí porque tenemos un problema —dijo ella con un ligero temblor en los labios.

Estaba nerviosa.

—Y he venido para solucionarlo.

—¿Qué problema podemos tener? —inquirió él con voz engañosamente suave—. Hace diez años que no nos vemos y, por mi parte, no quería volver a verte jamás.

El escote de Xanthe enrojeció.

—Lo mismo digo —respondió ella con arrogancia.

Dane, cerrando las manos en dos puños, se las metió en los bolsillos del pantalón. Apenas podía controlar la ira.

¿Cómo se atrevía Xanthe a estar enfadada con él? Era él quien había sufrido durante los dos segundos que había durado su matrimonio. Y era ella quien se le había insinuado, quien le había seducido y quien le había jurado amor eterno; para después, tras la primera pelea, correr de vuelta con su papá.

Y ahora Xanthe tenía la poca vergüenza de presentarse en sus oficinas con un nombre falso y esperar de él buenos modales y que se comportara como si nada hubiera pasado.

Fuera el que fuese el problema, no quería tener nada que ver con ello. Pero iba a permitirle hablar antes de echarla de allí a patadas.

Ignorando la hostilidad de Dane, Xanthe puso la cartera en la mesa, la abrió, sacó los papeles del divorcio y los dejó sobre el escritorio.

Que Dane Redmond fuera un hombre de las cavernas no era nada nuevo, pero ella ya no era una jovencita inocente. Había sido así a los diecinueve años: taciturno, autoritario y sumamente arrogante. Diez años atrás le había resultado irresistible porque había creído que, en el fondo, lo que a ese chico le ocurría era que necesitaba amor. Y ella había estado dispuesta a darle el suyo.

Esa había sido su primera equivocación, seguida de muchas otras.

El chico vulnerable nunca había existido. El hombre de las cavernas nunca había querido lo que ella le había ofrecido.

Por suerte, aquello no se trataba de él, sino de ella. Era lo que ella quería. Era lo que ella iba a conseguir.

Porque ya no permitía que ningún hombre la intimidara: ni su padre, ni la junta directiva de Carmichael's ni, por supuesto, un diseñador de barcos que creía que podía manejarla a su antojo solo porque en el pasado se había dejado seducir por un pene más grande de lo normal.

–El problema es que el abogado de mi padre, Augustus Greaves, no cursó los papeles de nuestro divorcio hace diez años –dijo Xanthe precipitadamente para disimular cualquier atisbo de culpabilidad. Al fin y al cabo, no era culpa suya que Greaves hubiera sido un alcohólico–. Así que, oficialmente, todavía somos marido y mujer.

# Capítulo 3

¿QUÉ? ¡NO es posible que hables en serio!
De no estar tan nerviosa, Xanthe se habría echado a reír al ver la expresión de horror de Dane.

–He venido desde Londres para que firmes estos papeles con el fin de acabar con esta pesadilla lo antes posible. Y sí, hablo en serio.

Xanthe pasó las hojas del documento y se detuvo en la página en la que había que estampar las firmas, la suya ya estaba ahí.

–Una vez que firmes, el problema estará resuelto y te garantizo que no volverás a verme.

Xanthe sacó un bolígrafo de la cartera y se lo pasó a Dane.

Dane se sacó las manos de los bolsillos, pero no agarró el bolígrafo.

–¿Crees que voy a ser tan estúpido de firmar un documento sin examinarlo primero?

Xanthe disimuló un súbito ataque de pánico.

«No pierdas la calma. Sé persuasiva. No te pongas nerviosa».

Respiró hondo, una técnica que había perfeccionado durante los últimos cinco años para tratar con la junta directiva de Carmichael's. Siempre y cuando

Dane no descubriera las cláusulas del testamento de su padre, esos papeles no revelaban el verdadero motivo de su viaje. Además, no había razón para que lo descubriera, teniendo en cuenta que el testamento era válido después de cinco años de que Dane la abandonara.

Desgraciadamente, el recuerdo de ese día en el despacho de su padre, cuando el abogado le explicó las condiciones del testamento, no hizo nada por aliviar su angustia:

—A tu padre le habría gustado que te hubieras casado con uno de los candidatos que él te había sugerido. De haber sido así, te habría dejado a ti un cuarenta y cinco por ciento de las acciones de Carmichael's y la cuota de control a tu esposo, como nuevo director ejecutivo de la empresa. Dado que en el momento de su fallecimiento dicho matrimonio no había tenido lugar, tu padre ha dejado la cuota de control en fideicomiso a la junta directiva hasta que tú completes un periodo de cinco años de prueba como directora ejecutiva de Carmichael's. Si después de ese tiempo demuestras tu valía como directora ejecutiva, la junta directiva votará con el fin de otorgarte un seis por ciento más de las acciones de la empresa. De no ser así, podrán elegir otro director ejecutivo y dejar las acciones en fideicomiso.

Hacía una semana que se había cumplido el periodo de prueba. La junta directiva había votado en su favor. Pero había sido entonces cuando Bill había descubierto que, oficialmente, seguía casada con Dane en el momento del fallecimiento de su padre y que Dane, por lo tanto, podía reclamar la cuota de control de la empresa.

Era una ironía del destino que la falta de confianza de su padre en sus habilidades pudiera acabar dándole el cincuenta y cinco por ciento de las acciones de la empresa a un hombre por el que había sentido un profundo desprecio.

Haciendo un esfuerzo por no seguir pensando en ello, vio a Dane llamar por su teléfono móvil.

Su padre había sido un convencional aristócrata inglés convencido de que ningún hombre que no hubiera ido a Eton y a Oxford era apropiado para ella; pero la había querido y siempre había deseado lo mejor para su hija. Una vez que tuviera la firma de Dane en el documento, demostraría sin lugar a dudas su absoluta entrega a la empresa.

–¿Jack? Tengo algo que quiero que examines –Dane hizo señas a alguien a espaldas de ella mientras hablaba por teléfono. La eficiente secretaria apareció en el despacho como por arte de magia–. Mel te va a enviar unos papeles por mensajería.

Dane le dio el documento a su secretaria junto con unas anotaciones que hizo en un papel. La secretaria se marchó inmediatamente.

–Examínalo línea por línea –continuó él al teléfono–. No exactamente... Se supone que son papeles de divorcio.

La mirada que le lanzó a Xanthe la hizo sentir una súbita cólera.

–Te lo explicaré en otro momento –dijo él–. Tú asegúrate de que no haya sorpresas, como alguna reclamación oculta de dinero o algo así.

Dane cortó la comunicación y se metió el móvil en el bolsillo.

Xanthe se quedó sin habla... durante un par de segundos.

–¿Has terminado? –preguntó ella con indignación.

–No te hagas la inocente conmigo. Te conozco, sé perfectamente de lo que eres capaz.

–Eres un hijo de... –Xanthe se mordió la lengua, la ira la consumía–. ¿Por qué no voy a poder hacerme la inocente? Teniendo en cuenta que me quitaste la virginidad, te acostaste conmigo todo el verano, me dejaste embarazada, insististe en que me casara contigo y tres meses después me abandonaste.

Dane nunca le había dicho que la amaba y, durante su primera y única discusión, en ningún momento tuvo en cuenta su punto de vista. Pero lo peor había sido la ausencia de él cuando más le había necesitado.

Los recuerdos, demasiado tristes para poder olvidarlos, le produjeron náuseas: el fuerte olor a moho y a desinfectante de la habitación del motel, las grietas en el suelo de linóleo, el insoportable dolor que sentía mientras rezaba para que él contestara el teléfono...

Las mejillas de Dane enrojecieron.

–¿Que te abandoné? ¿Estás loca? –gritó él.

–Te marchaste, me dejaste sola en la habitación de ese motel y no contestaste a mis llamadas telefónicas –respondió ella a gritos también. Ya no era una chica enamorada y tímida, ahora sabía defenderse a sí misma–. ¿Cómo llamarías tú a eso?

–Estaba a trescientos kilómetros mar adentro, trabajando en un barco pesquero, eso es lo que lo llamaría. No contesté a tus llamadas telefónicas porque no hay cobertura en medio del Atlántico Norte. Y, cuando volví a la semana siguiente, descubrí que habías vuelto con tu papá porque habíamos tenido una discusión.

La noticia de que Dane había estado pescando en el mar cuando ella tuvo un aborto natural le dio que pensar, pero solo momentáneamente. Dane podía haberle avisado de que se iba antes de hacerse a la mar, pero no lo había hecho. ¿Y qué podía decir sobre el urgente mensaje que ella le había enviado mientras esperaba a que su padre llegara para llevarla al hospital? ¿Y después, tras volver en sí y encontrarse en su habitación en la casa de la finca de su padre?

Había pedido a los empleados que se pusieran en contacto con Dane, que le comunicaran que había sufrido un aborto natural y que estaba muy deprimida por ello, pero Dane no había respondido. Sin embargo, a las pocas semanas, Xanthe había recibido los papeles del divorcio, que Dane había firmado.

Dane se había cansado de ella, del matrimonio y de la responsabilidad que ello conllevaba. Lo único que les había unido había sido el sexo. Dane nunca había querido tener un hijo y solo le había propuesto el matrimonio porque la había dejado embarazada, pero pronto se había arrepentido de su proposición. Y el aborto le había dado a Dane la excusa perfecta para deshacerse de ella.

En el momento, Xanthe se había sentido completamente destrozada. ¿Cómo había podido estar tan equivocada respecto a él? Pero también ese había sido el momento en que su vida cambió radicalmente. Había logrado superar el sentimiento de pérdida después del aborto natural, se había recuperado emocionalmente y había logrado transformarse hasta convertirse en la mujer que era ahora, una mujer que no necesitaba a nadie para sentirse realizada.

Gracias a que Dane la despreciara y la abandonara, había encontrado un nuevo objetivo en su vida, la empresa. Le había pedido a su padre que le diera una oportunidad y había trabajado sin descanso para aprender todo lo que necesitaba saber sobre una de las principales empresas europeas de logística marítima.

Al principio había sido una distracción, una forma de llenar el vacío que sentía. Pero poco a poco había comenzado a encontrar el trabajo apasionante. Se había licenciado, había aprendido francés y español mientras trabajaba en las empresas subsidiarias de Carmichael's en Calais y Cádiz, e incluso había convencido a su padre para que le diera un puesto de trabajo en las oficinas centrales de la empresa, en Londres. Y todo mientras se defendía constantemente de los intentos de su padre de casarla con la persona «adecuada».

Se había ganado a pulso la posición que ocupaba en la actualidad y era lo suficientemente fuerte para hacerse cargo de sí misma. Por lo tanto, no iba a consentir que Dane Redmond la hiciera sentirse culpable; sobre todo, teniendo en cuenta que había sido él quien había destrozado sus sueños e ilusiones. Quizá esos sueños e ilusiones habían sido una estupidez, pero eso no le había dado derecho a Dane a ser tan cruel.

–Prometiste que estarías a mi lado y me cuidarías –contestó ella con una furia que, en cierto modo, alivió el dolor que se le había agarrado al estómago. El dolor que se había jurado no volver a sentir jamás–. Pero, cuando más te necesitaba, tú no estabas.

–¿Para qué demonios me necesitabas? –le espetó él con un brillo gélido en sus ojos azules que la sorprendió y la hizo guardar silencio.

El ansia de lucha la abandonó, apenas podía respirar.

En ese momento, lo único que veía era la cólera de él.

El dolor se hizo más agudo mientras se preguntaba por qué estaba Dane tan enfadado, cuando lo único que había hecho ella había sido amarle.

–Cuando tuve el aborto, quería que estuvieras a mi lado –susurró Xanthe.

–¿Querías que estuviera a tu lado cuando fuiste a abortar?

–¿Qué? –dijo ella con incredulidad.

–¿Crees que no sé que fuiste a abortar? –dijo Dane en tono acusador.

Y, de repente, vio el sentido a aquella acusación.

–Pero yo...

–Cuando volví a tierra, fui directamente a la finca de tu padre –la interrumpió Dane–. Habíamos discutido y tú me habías dejado unos mensajes sin sentido en el móvil. Cuando llegué a la casa de tu padre, él me dijo que ya no estabas embarazada, me enseñó los papeles del divorcio con tu firma y luego me echó a patadas de allí.

Dane se interrumpió, respiró hondo y añadió:

–Fue entonces cuando descubrí la verdad: la princesita de su padre había decidido que tener un hijo conmigo no le convenía para nada.

Xanthe dejó de ver odio en la expresión de él, solo había resentimiento. Las palabras de Dane retumbaron en su cabeza. ¿Había sido ella la primera en firmar los papeles del divorcio? No lograba recordarlo. Lo único que recordaba era a sí misma rogando ver a Dane y después a su padre enseñándole los papeles del divorcio que Dane había firmado, destruyendo las pocas esperanzas que le quedaban.

–Sé que el embarazo fue una equivocación. ¡Qué demonios! Nuestro matrimonio fue una maldita locura –continuó Dane con desprecio–. Y, si me hubieras dicho que eso era lo que querías hacer, habría intentado comprenderlo. Pero no tuviste el valor de decírmelo, ¿verdad? Y ahora tienes la desfachatez de presentarte aquí y hacerte la inocente seducida por el lobo malo. Sin embargo, los dos sabemos que eso es mentira. Solo hubo un inocente en nuestro matrimonio y no fue ninguno de nosotros dos.

Xanthe casi no le oía, le zumbaban los oídos. Le temblaron las piernas y el dolor del estómago se hizo eco del martilleo de su cabeza. Se abrazó por la cintura y tragó una náusea.

«¿Cómo es posible que no sepas lo mucho que ese embarazo significaba para mí?».

–¿Qué te pasa? –preguntó Dane, con su desdén transformándose en preocupación.

Xanthe hizo un vano intento por ordenar sus ideas, pero le dolía la cabeza y no lograba pronunciar palabra alguna.

–Maldita sea, Red, no me digas que te vas a desmayar.

Dane la agarró con firmeza por los brazos, lo único que la mantuvo en pie.

El viejo apodo asaltó sus sentidos y la transportó a aquellos días robados en las aguas de la bahía Buzzards: cálida brisa marina, el graznido de los cormoranes, el olor a mar mezclado con el del sudor del sexo y la extraordinaria felicidad de las caricias de Dane.

«No aborté intencionadamente».

Intentó decírselo, pero no logró pronunciar palabra alguna.

«Fue un aborto natural».

Le oyó lanzar una maldición.

Y, precipitándose en el abismo, se dejó caer.

# Capítulo 4

QUÉ DEMONIOS...?
Dane la sujetó, evitando que Xanthe cayera al suelo.

–¿Qué le pasa a la señora Sanders? –Mel apareció en el despacho, asustada.

–Su apellido es Carmichael.

«Aunque, oficialmente, su apellido es Redmond».

Con Xanthe pegada a su pecho, pasó por delante de su secretaria.

–Llama al doctor Epstein y dile que vaya a mi ático.

–¿Qué... qué le digo que ha pasado? –preguntó Mel consternada.

Xanthe lanzó un quedo gemido.

–No sé qué le ha pasado –respondió él–. Vamos, llama a Epstein y dile que vaya a mi casa.

Dane continuó andando, consciente de que todos le estaban mirando.

¿Le habían oído gritar a Red? ¿Habían notado el estallido de furia que había estado reprimiendo durante años?

¿Por qué había perdido los estribos de esa manera? Algo que no hacía desde el día en que, enloquecido y decidido a ver a Xanthe a toda costa, se había presentado en la casa del padre de ella.

Por supuesto, solo le había contado a Xanthe parte de lo que había ocurrido. Había estado agotado y muerto de miedo al presentarse en la casa de vacaciones de Carmichael, aterrado por la idea de que Xanthe le hubiera abandonado.

Todo ello le había convertido en presa fácil para el hombre que ni siquiera le había considerado digno de besar la suela de los zapatos de su preciosa hija, y mucho menos de casarse con ella. Recordaba muy bien la expresión petulante de Charles Carmichael y su tono de superioridad al informarle de que su hija ya no estaba embarazada y que había tomado la sensata decisión de romper todo lazo de unión con el pobretón con el que jamás hubiera debido casarse.

La injusticia, el sentimiento de pérdida y la ira contenida habían estallado dentro de él y, como consecuencia, los matones de Carmichael se habían encargado de echarle de allí.

Obviamente, parte de esa ira aún le acompañaba; de lo contrario, no habría montado en cólera como había hecho... por algo que ya no significaba nada para él.

Xanthe le había cautivado aquel verano con sus bonitas curvas enfundadas en los pantalones cortos y camisetas que habían sido su uniforme; la curiosidad que siempre mostraba y su inocente coqueteo habían incendiado su deseo y le habían llevado a arrancarle esos pantalones.

Le había halagado la atracción de Xanthe por él, le había hecho sentirse orgulloso de sí mismo cuando todo el mundo le trataba como si fuera un don nadie. Pero solo les había unido el sexo. Sabía que haber

creído que su relación podía ser algo más había sido
una absoluta estupidez; sobre todo, después de que
ella volviera con su papá al descubrir lo que era vivir
con la paga de un barquero.

Xanthe se movió, su fragante cabello le acarició
la barbilla.

–Tranquila, te tengo –dijo él sintiéndose protector.

Prefirió no prestar atención a esa sensación. Ella
no era responsabilidad suya.

–¿Adónde me llevas? –le preguntó Xanthe medio
aturdida.

Dane pulsó el botón del ascensor con un codo. Se
alegró de que las puertas se abrieran al momento,
estaba harto de que les miraran. Una vez en el ascensor, le dio al botón del ático.

–A mi casa. Al ático.

–¿Qué ha pasado?

Dane la miró y vio que estaba blanca como la cera
y también presentaba un aspecto dulce, inocente y
parecía asustada, como aquel día años atrás: «Ha
dado positivo, voy a tener un hijo. ¿Qué vamos a
hacer?».

–Eso lo sabrás tú mejor que yo –respondió Dane
en tono casual–. Estábamos gritándonos y, de repente, te has desmayado.

–Ya estoy mejor, puedes soltarme –dijo Xanthe,
sus mejillas habían recuperado el color.

Dane hizo lo que ella le había pedido porque tenerla pegada al cuerpo le estaba haciendo perder el
equilibrio.

–¿Te has acostumbrado a desmayarte como las

protagonistas de las malas novelas? –preguntó él arqueando una ceja.

Xanthe alzó la barbilla, pero no contestó.

El ascensor llegó al ático y, cuando las puertas se abrieron, les recibió una vista panorámica de la ciudad.

En otras circunstancias, el lugar le habría enorgullecido: el mobiliario de diseño, las estructuras de acero y vidrio, y la terraza y la piscina distaban mucho de la cloaca en la que se había criado.

Sin embargo, en ese momento, no se sentía muy orgulloso de sí mismo. Había perdido el control en el despacho y se había dejado llevar por los sentimientos.

–Deja de llorar como una niña y tráeme otra cerveza si no quieres que te muela a palos –le había dicho su padre borracho, un padre al que había odiado.

No obstante, si algo le había enseñado su padre había sido que revelar los sentimientos le hacía a uno débil.

Y Xanthe, por su parte, le había enseñado que no debía jamás mezclar el sexo con los sentimientos.

No sabía cómo ni por qué, pero había ignorado ambas lecciones abajo, en su despacho, hacía unos minutos.

La condujo a un sofá de cuero situado en medio del cuarto de estar y se apartó de ella, consciente de las insistentes pulsaciones de la entrepierna.

Xanthe se atusó el pelo en un esfuerzo por no mirarle a los ojos. La errática respiración de ella hacía que sus pechos se movieran.

Las pulsaciones se incrementaron.

«¡Estupendo!».

—El médico de la empresa va a venir a verte ahora —dijo Dane.

—No es necesario. Solo estaba cansada por el viaje —contestó Xanthe apresuradamente y con aprensión.

—Eso díselo al doctor Epstein.

A Xanthe la iba a examinar un profesional, tanto si le gustaba como si no. Aunque no era responsable de ella, Xanthe estaba en su casa y ahí era él quien imponía las reglas.

En ese momento, sonó la campanilla del ascensor.

Dane fue a recibir al médico.

# Capítulo 5

L E VOY a recetar una comida nutritiva y diez horas seguidas de sueño. Y en ese orden.

El buen doctor Epstein lanzó a Xanthe una seria mirada que la hizo sentirse como cuando tenía cuatro años y su niñera le regañaba por negarse a echarse la siesta.

–Tiene la tensión alta y el hecho de no haber comido ni dormido en varios días es el motivo de este incidente. El estrés no es bueno, señora Carmichael –añadió el médico.

Cómo si ella no lo supiera, teniendo ahí delante la causa de su estrés.

No le hacía ningún favor que Dane supiera que no había dormido bien ni había comido desde el miércoles por la mañana.

Era la primera vez en su vida que se había desmayado. Bueno, la segunda, desde...

No, no quería pensar en eso.

Recordar esos días le había hecho perder mucho terreno. Lo único bueno de su desmayo era que había ocurrido antes de tener que confesarle a Dane las circunstancias de su aborto.

Al volver en sí, se había encontrado con que tenía la cabeza apoyada en el sólido hombro de él. A la

inevitable oleada de deseo le había seguido la recu-
peración del sentido común.

Estaba ahí para poner punto final a su relación
con Dane, no para revivir el pasado. No ganaría nada
dándole explicaciones a Dane sobre el aborto, a excepción de volver a adoptar el papel de solitaria e
insegura chica necesitada de que un hombre la prote-
giera.

Quizá así había sido en el pasado. La brutalidad
con la que su padre había evitado que volviera a ver
a Dane les había impedido a ambos terminar su relación amigablemente. Después, su padre había acabado de estropearlo todo al contratar a su amigo Augustus Greaves para que se encargara del divorcio.

Pero su padre ya estaba muerto. Y ella ahora veía
que, aunque equivocadamente, su padre había ac-
tuado del modo que le había parecido adecuado para
proteger los intereses de su hija. Y la verdad era que
sí le había hecho un favor.

Lo más probable era que hubiera vuelto con Dane
y que hubiese intentado salvar su matrimonio, que
había sido un error desde el principio.

No, no iba a ganar nada contándole a Dane la verdad diez años después del hecho.

La actitud dominante y protectora de él le había
resultado muy romántica aquel verano. Le había parecido que eso demostraba que Dane la amaba. Sin
embargo, lo único que demostraba era que Dane,
igual que su padre, la había considerado inferior.

Ahora era una mujer profesional y pragmática. El
melodramático desmayo se debía a la falta de ali-
mento y al agotamiento, nada más. Por suerte, no era

tan tonta como para pensar que le faltaba el amor para sentirse realizada. Se sentía realizada.

Quizá aún sintiera un poco de pena al pensar en el joven que había ido a buscarla a casa de su padre y a quien habían echado de allí sin contemplaciones. Pero el hecho de que Dane hubiera pensado lo peor de ella solo demostraba que no la había comprendido nunca.

–Le agradezco el consejo, doctor –respondió Xanthe mientras el médico metía su instrumental en el maletín–. Comeré algo en el aeropuerto y dormiré en el avión.

Xanthe se miró el reloj, se levantó, le dio un vahído y tuvo que agarrarse al sofá.

–¿Va a tomar un avión esta noche? –el médico frunció el ceño.

–Sí, a las siete –respondió ella. Solo disponía de una hora para llegar al aeropuerto–. Así que será mejor que me ponga en marcha ya.

La expresión del médico se tornó paternalista.

–No le aconsejo que lo haga. Necesita recuperarse. Acaba de sufrir un ataque de ansiedad.

–¿Un... qué? –dijo ella alzando la voz, excesivamente consciente de la presencia de Dane–. No ha sido un ataque de ansiedad, solo estaba un poco mareada.

–El señor Redmond me ha explicado que, muy agitada emocionalmente, se ha desmayado y ha permanecido sin recuperar el conocimiento algo más de un minuto. Eso es algo más que un vahído.

–Bien. Bueno, gracias por su opinión, doctor –le daba exactamente igual lo que el señor Redmond hubiera dicho al respecto.

–De nada, señora Carmichael.

Esperó a que Dane acompañara al doctor Epstein al ascensor, echaba humo. El problema era que tendría que esperar a que el médico bajara en el ascensor y aguardar a que el aparato volviera a subir para salir de allí. Lo que significaba que tendría que pasar unos minutos a solas con Dane en aquel palaciego ático.

No quería hablar del pasado ni de su supuesto ataque de ansiedad ni de nada.

A pesar de haber llevado la contraria al doctor Epstein, no se encontraba bien. Los últimos días habían sido muy estresantes, más de lo que quería admitir. Y la discusión con Dane en su despacho la había estresado más aún.

Pero estar a solas con él en su casa era peor.

Se puso la chaqueta que se había quitado para que el médico le tomara la tensión. Era hora de marcharse con la mayor dignidad posible.

–¿Dónde está mi cartera? –preguntó Xanthe alzando la voz más de lo que le habría gustado mientras Dane se le acercaba.

–En mi despacho.

Dane se apoyó en la barandilla de una escalera que subía a un entresuelo y se cruzó de brazos. Aunque parecía relajado, ella no se dejó engañar.

–No he podido subirla porque como te estaba sujetando a ti no me quedaban manos para agarrarla.

–La recogeré ahora, de camino a la salida –ignorando el comentario, Xanthe se encaminó hacia el ascensor.

Dane descruzó los brazos y se interpuso en su camino.

–Eso no es lo que te ha ordenado el médico.

–Ese no es mi médico –declaró ella, distraída por los pectorales que se adivinaban debajo de la camisa blanca de algodón–. Y no me someto a las órdenes de nadie.

Mientras los sensuales labios de Dane se endurecían, ella clavó los ojos en el hoyuelo de su barbilla.

Se mordió la lengua al sentir un súbito deseo de lamerle ese hoyuelo.

¿Qué demonios le pasaba?

Intentó esquivarle, pero él volvió a interrumpirle el paso y la hizo retroceder hasta dar con la espalda en la pared.

–Apártate de mi camino.

–Tranquila, Red.

Le vio preocupado, el pulso se le aceleró al oír el viejo mote.

–No voy a tranquilizarme, tengo que darme prisa para no perder el avión –su voz le sonó estridente, volvía a sentirse mareada. Si volvía a desmayarse perdería su dignidad por completo.

–Estás temblando.

–No estoy temblando.

Claro que temblaba. Dane estaba demasiado cerca, la tenía arrinconada, la envolvía con su aroma sensual. A pesar de no tocarla, le sentía en todo el cuerpo: en los pechos y en la entrepierna, que parecía a punto de entrar en combustión instantánea. Fundamentalmente, su cuerpo reaccionaba así siempre que Dane se encontraba en un radio de quince kilómetros.

–A menos que tengas un helicóptero a mano, ya

has perdido el vuelo –observó él en tono razonable–. El tráfico está fatal a esta hora. Ni en sueños llegarías al aeropuerto JFK en una hora o menos.

–En ese caso, iré al aeropuerto y esperaré al siguiente vuelo.

–¿Por qué no te quedas aquí y tomas un vuelo mañana, como Epstein ha sugerido?

«¿Con él? ¿En su apartamento? ¿Los dos solos? ¿Se había vuelto loco?».

–No, gracias.

Volvió a intentar zafarse de él, pero Dane le puso la mano sobre un codo y una corriente eléctrica le subió por el brazo.

Xanthe se soltó de él.

–¿Y si te pido disculpas? –dijo Dane, sorprendiéndola.

–¿Por qué?

–Por gritarte en el despacho por algo que ya no tiene importancia.

–No tienes que disculparte por decir lo que piensas. No obstante, si insistes, creo que yo también debo disculparme –contestó Xanthe–. Tienes razón, debería haber consultado contigo lo del... lo del aborto.

La mentira le supo amarga, pero era la única forma de que ambos se vieran libres de aquellos sueños estúpidos.

–No, Red, no tienes que pedirme disculpas por eso.

Dane se pasó una mano por el pelo con expresión de frustración.

–Entiendo por qué lo hiciste –continuó él–. Eras

demasiado joven para ser madre, no estabas preparada. Y yo habría sido un desastre como padre.

Dane acababa de decirle que estaba de acuerdo con ella. Asunto cerrado. Pero lo que debiera haberle sabido a victoria le supo muy amargo.

Sí había estado preparada para ser madre. ¿Cómo podía Dane dudar de eso? ¿Acaso no había sabido lo mucho que ella había querido tener ese hijo? ¿Y por qué creía que habría sido un desastre como padre? ¿Tenía eso que ver con la infancia de la que nunca había querido hablar?

«Vamos, deja de soñar, no puedes seguir creyendo que ese cuento de hadas todavía sea posible».

La estúpida idea de que podía hacerle superar los traumas de la infancia había sido producto del profundo romanticismo de una adolescente. El cuento de hadas era parte de su pasado.

—Me gustaría acabar amistosamente —dijo ella por fin, decidida a firmar la paz.

—Bien, pero tienes que quedarte esta noche. Me has dado un susto de muerte y sigues teniendo aspecto de que una ráfaga de viento te podría tirar al suelo.

Sintió un hormigueo en el vientre.

—Me siento culpable de lo que te ha pasado —insistió Dane.

—Ya te lo he dicho, estoy bien. Además, no eres responsable de mí.

—¿No? —dijo Dane—. No olvides que hasta que no firme esos papeles sigues siendo mi esposa.

Era una tontería, pero esa tontería la hizo temblar... de placer.

–No seas ridículo, Dane. Llevamos diez años sin estar casados de verdad. Estamos hablando de un pequeño error burocrático del que no te habrías enterado si yo no hubiera venido aquí hoy.

–Ah, a propósito de eso... –Dane le colocó una hebra de cabello detrás de la oreja–. ¿Por qué te has tomado la molestia de venir a Nueva York cuando podías haber hecho que tus abogados se encargaran del asunto?

Era una pregunta pertinente para la que no tenía una respuesta sensata.

La yema del dedo de Dane le rozó la garganta, causándole una multitud de sensaciones que se agolparon en sus pechos.

Debería hacerle parar. Tenía que marcharse de allí. Pero algo profundo y primitivo la tenía inmovilizada.

–¿Sabes qué pienso? –dijo Dane con voz ronca.

Xanthe sacudió la cabeza. Pero sí lo sabía, aunque no quería saberlo.

–Creo que me has echado de menos.

–No digas tonterías. Hacía años que no pensaba en ti –mintió ella en un susurro nada convincente.

Dane ladeó los labios. Esa sonrisa descarada fue una invitación a pecar a la que ella jamás había podido resistirse.

–¿Te acuerdas de lo bien que lo pasábamos juntos? Porque yo sí.

–No –volvió a mentir Xanthe.

Se le hizo un nudo en la garganta cuando Dane le describió un círculo alrededor de uno de sus pezones con el pulgar. Fue una caricia posesiva, descarada, eléctrica.

El pezón se le endureció.

Debía interrumpirle. Dane no tenía derecho a hacer lo que estaba haciendo. Pero las palabras se negaban a salir de sus labios.

Dane bajó la cabeza mientras le acariciaba el borde de encaje del sujetador con el pulgar. Le acarició la comisura de la boca con los labios, olía a café y a menta.

—No se te da bien mentir, Red.

Xanthe no podía respirar. No podía pensar. Y, por supuesto, no podía hablar.

Casi perdió el sentido cuando él le bajó una de las copas del sujetador y sopló sobre el erguido pezón.

—Oh...

Los músculos de los muslos se le disolvieron cuando Dane le chupó la tierna cresta para después mordisqueársela. Tembló cuando su cadera entró en contacto con el impresionante bulto de la bragueta de Dane. Se frotó contra él como una gata, desesperada por aliviar la exquisita agonía.

Dane le agarró la cabeza y plantó los labios sobre los suyos. Ella, instintivamente, abrió la boca y permitió que la lengua de Dane la condujera por oscuros y tortuosos caminos.

Le agarró por la camisa y tiró de él hacia sí, absorbiendo la fuerza de esos músculos contra sus pechos.

Su sexo se hizo pesado y dolorosamente sensible. Húmedo.

«¿Cómo es posible que siga deseándole tanto?».

Entrelazó la lengua con la de él como respuesta a lo que ambos querían.

Dane la besó como en el pasado, con maestría, con pequeños mordiscos, lamiéndola, devorándola...

La barba incipiente de un día le arañó la barbilla. Esas manos grandes le acariciaron los muslos mientras le subía la falta hasta la cintura.

La excitación la hizo olvidarse de todo lo que no fuera él, su presencia, su sonido, su aroma.

Dane la alzó posesivamente, tomando el control, de la forma en que a ella siempre le había gustado.

—Pon las piernas alrededor de mi cintura.

Xanthe, agarrándole los hombros, le obedeció sin rechistar. El corazón parecía querer salírsele del pecho mientras sus lenguas bailaban apasionadamente.

Con la espalda contra la pared, sintió la fuerza de la bragueta de él pegada a su sexo, a su anhelante clítoris.

Sujetándola con un brazo, tiró de sus bragas. Se las rasgó para acariciarla con el pulgar. Ella gimió junto a la boca de Dane.

—Sigues deseándome, Red.

Dane continuó acariciándole el sexo, el hinchado clítoris. La hizo enloquecer, la llevó al borde del orgasmo...

—Por favor, Dane... —gimió ella.

Dane era el único hombre que sabía lo que necesitaba, el único.

De repente, Dane retiró los dedos de los húmedos pliegues y le puso la mano sobre la cadera, abandonándola justo antes del éxtasis.

Xanthe jadeó. Se revolvió. ¿Por qué le había negado lo que necesitaba?

—No pares.

Dane le besó la garganta, su respiración era tan trabajosa como la de ella.

—Tenía que hacerlo.

—¿Por qué?

—No voy a poseerte sin un preservativo.

El deseo, como una neblina, comenzó a desvanecerse según asimilaba el terrible significado de esas palabras.

«¿En serio le has pedido que te hiciera el amor? ¿Sin preservativos?».

Rápidamente, se metió el pecho en la copa del sujetador.

Tenía que marcharse de allí. Al demonio con los papeles del divorcio, ya se encargaría de eso en otro momento. Su salud mental era más importante que la empresa Carmichael's.

# Capítulo 6

DANE ASPIRÓ el sensual aroma de Xanthe. Seguía sosteniéndola por las nalgas como si fuera el único objeto sólido en medio de un tornado.

Todo seguía igual: la pasión, el deseo, la locura.

Era como si hubiera estado en una batalla, una batalla que no había ganado.

«¿Por qué se te ha ocurrido seducirla?».

Había estado disgustado consigo mismo por haberle gritado, le había enfadado que Xanthe se desmayara delante de él y no se perdonaba seguir sintiendo algo por ella. Pero lo peor era que seguía deseándola con locura, a pesar del pasado.

Inicialmente, el amago de seducción había tenido como objetivo intimidarla, someterla. Pero Xanthe había respondido a sus exigencias con las suyas propias. De repente, habían llegado a un lugar sin retorno como un par de adolescentes, igual que diez años atrás.

–Dane, suéltame. Me estás estrujando.

El furioso susurro le devolvió a la realidad.

Cuando alzó la cabeza y la miró, vio el cabello de ella suelto, húmedo, unas hebras pegadas a la garganta de Xanthe. Tenía el rostro enrojecido, sin duda su barba le había irritado la piel.

Debería haberse afeitado. Debería haber hecho muchas cosas.

La vio, sobre todo, perpleja.

Le dieron ganas de echarse a reír. Al menos, no era él solo.

–Deja de mirarme así. Tengo que marcharme –dijo Xanthe haciendo un esfuerzo por escapar de sus brazos.

Dane la soltó y la vio apartarse.

Xanthe se echó el pelo hacia atrás y se calzó los tacones, que debían de haberse caído durante el apocalipsis sexual. Le resultó imposible no fijarse en la forma en que la estrecha falda le ceñía los generosos contornos de las nalgas. Inmediatamente, apartó la mirada.

«¿No te has torturado ya bastante?».

Xanthe se llevó una mano a la frente y miró a su alrededor; en su opinión, en un esfuerzo por asimilar lo que acababa de pasar.

«Buena suerte».

–Tengo que marcharme –dijo ella alisándose la ropa con una mano.

Dane se metió las manos en los bolsillos del pantalón. Xanthe tenía razón, debía marcharse antes de que volvieran a lo mismo y terminaran lo que habían empezado.

Había sido una estupidez seducirla. ¿Qué había querido demostrar? ¿Que ella todavía le deseaba? ¿Que él todavía podía controlarla? ¿O que él era el mayor imbécil del planeta?

Se mirara como se mirase, lo que había habido entre los dos en esos momentos había removido co-

sas que ni ella ni él estaban listos para afrontar. Todavía.

–¿Eso crees?

Era Xanthe quien se había presentado allí y había
removido algo muerto desde hacía mucho tiempo. Y
al insinuársele, ella, en vez de detenerle, se había
excitado al instante y le había regalado el sabor de la
chica que recordaba y que no iba a poder olvidar en
mucho tiempo.

Xanthe le lanzó una mirada furiosa.

«Sí, eso es, cielo. Soy el tipo que, según tú, no era
digno de ti. El chico al que todavía deseas con locura».

–Ni se te ocurra responsabilizarme de lo que ha
pasado –dijo Xanthe–. Yo no he empezado. Además,
hemos parado antes de perder el control completamente. Es mejor no darle importancia.

«Sí, ya, lo que tú digas».

–No hemos parado. He sido yo quien ha parado
–la corrigió él.

Un intenso rubor cubrió las mejillas de Xanthe.

–¿Y qué? Ha sido una equivocación, ¿de acuerdo?
Estaba cansada, estresada y... –Xanthe se interrumpió y apartó los ojos de él–. Y hacía mucho que no
tenía relaciones sexuales.

–¿No? ¿Y eso? –dijo él en tono burlón.

–He estado muy ocupada durante los últimos
cinco años. Al parecer, necesitaba un desahogo.

Dane debería haberse sentido insultado y, en
parte, así era. Pero también quería saber si Xanthe,
realmente, llevaba cinco años sin tener relaciones
sexuales.

–¿Cuánto tiempo hacía que no te desahogabas exactamente?

–Eso no es asunto tuyo –respondió Xanthe achicando los ojos.

–¿Tanto? –dijo Dane con sorna. Le complacía demasiado haber sido el primero en tanto tiempo.

Durante su relación diez años atrás, Dane nunca se había aprovechado de ella. Xanthe había sido una chica demasiado frágil, hubiera sido como dar una patada a un cachorrito. Él siempre había tenido en cuenta lo delicada que ella era. Por aquel entonces, la había tratado como con miedo de que pudiera romperse. Siempre había sido tierno con ella.

Pero ahora Xanthe le había devuelto golpe por golpe, lo que le había excitado aún más.

El rubor le cubría el escote y, de repente, pensó en cómo él le había chupado el pezón unos minutos antes. Pensó en los gemidos de ella, animándole...

Volvió a maldecirse a sí mismo.

Aquel verano Xanthe le había hecho cómplice de su drama, de su realidad; le había hecho querer enfrentarse a su padre por ella, luchar por ella. Y, al principio de enterarse de que Xanthe estaba embarazada, se había asustado; pero después le había embargado un profundo deseo de protegerla a ella y a su hijo, ante todo y contra todo.

Xanthe le había convencido de que ella quería tener ese hijo y de que su relación podía sobrevivir.

Después de la traición de Xanthe, había pasado años recuperándose y había decidido no permitir nunca más que nadie se aprovechara de él.

El hecho de seguir deseándola le enfurecía.

Xanthe echó a andar hacia el ascensor.

–¡Eh, espera!

Dane le dio alcance y la agarró por la muñeca. Ella se volvió y le miró con una mezcla de furia y pánico.

–No me toques. No voy a quedarme aquí.

–De acuerdo –dijo él, soltándola–. Pero dime dónde vas a estar con el fin de poder enviarte los papeles mañana.

«En persona».

–¿Vas a firmarlos?

La vio tan sorprendida y aliviada que se preguntó si no habría en esos papeles algo más de lo que ella le había dicho. Porque, por supuesto, Xanthe debía de saber perfectamente que él no se iba a oponer al divorcio, por mucho que aún se desearan físicamente.

«Piensa, idiota».

Su objetivo era que Xanthe no regresara a Londres antes de que él acabara con ella. Había aprendido que era mejor retirarse y elaborar cuidadosamente una estrategia que arriesgarse y caer en una emboscada.

El padre de Xanthe y sus esbirros le habían enseñado esa lección la noche que él fue a por su esposa convencido de sus derechos y obligaciones; sin embargo, descubrió que las promesas no significaban nada cuando un pobretón se enfrentaba a alguien rico y poderoso.

–Sí, claro que los firmaré –respondió él.

«Cuando me parezca conveniente».

–Gracias –respondió ella con un placer que le dolió–. Me alegro de poner punto final a esto en buenos términos. No tenía... –Xanthe se interrumpió bruscamente al tiempo que se ruborizaba.

–¿Qué es lo que no tenías?

¿Qué había estado a punto de decir? ¿Por qué parecía tan preocupada de que se le hubiera escapado lo que había ido a decir?

–Nada.

«Ya, y yo voy a creérmelo».

–Espero que quedemos como amigos –dijo ella ofreciéndole la mano.

No, no eran amigos. Las relaciones entre amigos eran sinceras. Los amigos se tenían confianza mutua. ¿Él confiar en ella?

No obstante, le estrechó la mano.

–Adiós, Dane.

Después de que Xanthe se marchara, Dane agarró el móvil y llamó a su secretaria.

–Mel, la señora Carmichael... me refiero a la señora Sanders, que en realidad es la señora Carmichael, se va a pasar por el despacho para recoger su cartera. Quiero que le reserves una habitación en el hotel Standard y que cargues a mi cuenta la reserva. Después, haz que un coche la lleve allí.

El hotel era elegante y estaba a pocas manzanas de High Line. Quería tenerla localizada en todo momento. No quería sorpresas desagradables. De ese momento en adelante él iba a imponer las reglas del juego. E iba a ganar.

–Está bien –respondió Mel–. ¿Algo más?

–Sí. Si protesta, dile que encargarme de su hospedaje esta noche es lo menos que puedo hacer... por una amiga.

# Capítulo 7

AQUELLA NOCHE, Xanthe se miró al espejo del cuarto de baño en la suite que su exmarido había reservado para ella, prueba de su «amistad». Intentaba sentirse bien tras el resultado de su forzada vuelta al pasado.

Al día siguiente iba a recibir los papeles del divorcio, firmados por él, lo que eliminaría toda amenaza a su empresa.

Asunto resuelto.

El problema era que le pesaba lo que había ocurrido en el despacho de él y después en su casa. Tenía los nervios a flor de piel, estaba tensa y se sentía culpable.

Se pasó una crema hidratante de aloe vera por la enrojecida piel del rostro, después de haberse dado un baño relajante.

No debería haber permitido que Dane la devorara. El recuerdo de sus caricias la hizo temblar. Esos firmes y sensuales labios la habían subyugado, la lengua de él le había robado la razón, sus dientes la habían mordisqueado haciéndola perder el juicio.

Se agarró al lavabo. Los muslos se le derretían. Otra vez.

Necesitaba dormir. Necesitaba olvidar aquella tarde.

Pero no logró conciliar el sueño.

Después de que el chófer de Dane la dejara en el magnífico hotel modernista situado enfrente del parque High Line de Manhattan, se había distraído durante una hora haciendo una lista de cosas que debía hacer y después haciéndolas.

En primer lugar, había reservado un vuelo a Heathrow para el día siguiente. A continuación, había pasado media hora haciendo un pedido por Internet a una boutique próxima al hotel para que, a las diez de la mañana del día siguiente, le llevaran unos pantalones vaqueros de diseño, una camiseta, ropa interior y zapatos planos para el vuelo. Por agotada que se encontrara debía presentar un aspecto fresco, no iba a viajar con un traje de seda arrugado.

Desgraciadamente, después de eso y del baño, no había logrado relajarse. No podía. No conseguía dejar de pensar en lo que había pasado con Dane. No lograba asimilar el hecho de que Dane hubiera creído y siguiera creyendo que ella había abortado intencionadamente diez años atrás.

Pero lo peor era cómo había reaccionado al intento de seducción de él.

Cuando volviera a Londres, tenía que empezar a pensar en salir con alguien, necesitaba alivio sexual, eso estaba claro. Hacía tres años que no salía con un hombre, cuatro años desde sus últimos jugueteos sexuales, y no realizaba el acto sexual completo desde...

Xanthe arrugó la frente delante del espejo. Desde la última vez que había hecho el amor con Dane.

No le extrañaba haber sido una presa tan fácil. Su

reacción física a él no tenía nada que ver con el pasado, sino con su falta de relaciones.

Desde la ruptura con Dane, cada vez que un hombre la había tocado, ella no había podido evitar compararle con Dane. No le había preocupado en exceso el hecho de que ninguno la hubiera excitado sexualmente porque, al fin y al cabo, no había querido volver a ser esclava del sexo.

Pero, al parecer, seguía siendo esclava del poder sexual de Dane.

«No pienses en eso. No significa nada».

Dane no era único. La cuestión era que ella no había encontrado al hombre adecuado, nada más. Y solo porque no lo había buscado.

Se había acostumbrado a hacerse cargo de sus asuntos, pero había perdido el control nada más presentarse en el despacho de Dane. Y luego se había dejado llevar por él cuando Dane decidió demostrarle exactamente lo que se había perdido durante años.

Dane siempre había sabido cómo tocarla y acariciarla hasta dejarla sin más salida que responder a su seducción. Y seguía siendo igual que antes. Pero solo porque se había negado a explorar otras posibilidades.

Cuando volviera a Londres iba a poner remedio a eso. ¿Por qué no recurrir a Internet?

No obstante, antes de eso, necesitaba deshacerse de la energía sexual que le corría por las venas y le impedía conciliar el sueño que necesitaba desesperadamente.

Se llevó un dedo a la barbilla y se acarició como

Dane la había acariciado hacía tres horas. Se abrió la bata y contuvo la respiración cuando el frío satén le rozó un pezón. Se tocó la aréola y el pezón se irguió al instante. El sexo se le humedeció. Se pellizcó el pezón, pensando en los pequeños mordiscos de Dane, y la excitación aumentó.

Se miró el triángulo del pubis y luego vio un pequeño moratón en su cadera que le hizo recordar los dedos de él hundiéndose en su carne al alzarla.

«Ponme las piernas alrededor de la cintura».

Se acarició el sexo.

Pero, cuando cerró los ojos, solo pudo ver los de Dane clavados en los suyos con las pupilas dilatadas y los iris azules apenas visibles.

Al separarse los húmedos pliegues solo sintió los fuertes y grandes dedos de él.

Pensó en la voz de Dane mientras se frotaba el clítoris. Sabía cómo excitarse, sabía lo que tenía que hacer para alcanzar un orgasmo rápida y eficientemente. Pero, en esa ocasión, el recuerdo de los dedos de Dane, firmes y seguros, se burló de su intento por aliviar la tensión sexual.

Jadeó. Todavía no. Aún no...

Dio un golpe en el lavabo con la palma de la mano y, al abrir los ojos, vio a una mujer enloquecida mirándola fijamente. Una mujer enloquecida y frustrada.

Necesitaba aliviar la tensión, necesitaba alcanzar un orgasmo, pero le resultó imposible. Y temió que solo Dane podría procurárselo.

«Maldito Dane».

Maldito exmarido.

Se ató la bata con manos temblorosas para cubrir su desnudez. Se lavó las manos y volvió a maldecir a Dane.

Regresó al dormitorio de la suite y se dirigió al teléfono. Iba a pedir que le subieran pastillas para dormir. No le gustaba tomar medicinas y mucho menos somníferos, pero ya no aguantaba más.

Oyó unos golpes en la puerta en el momento en que descolgó el auricular. Titubeó unos segundos, pero luego se acordó. Su ropa. La típica eficiencia neoyorquina. Seguro que la boutique enviaba la ropa antes de la fecha de entrega.

Dejó el teléfono, se dirigió a la puerta y abrió sin mirar por el ojo de buey.

La sangre le bajó al sexo, al punzante clítoris.

–¡Dane! ¿Qué haces aquí?

«¿Y por qué demonios estás tan guapo?».

Su ex llevaba unos pantalones vaqueros gastados y una camiseta debajo de una camisa a cuadros. Un poco de vello le salía por el escote de la camiseta, prueba de su exuberante virilidad.

Con esas anchas espaldas casi del mismo ancho que el umbral de la puerta, su imponente altura, sobrepasando con mucho su metro sesenta y siete de estatura, y los ojos brillándole con intensidad, parecía capaz de cualquier cosa.

–Tenemos que hablar.

Sin esperar respuesta, Dane se adentró en la habitación antes de que ella pudiera impedírselo.

–Ya hemos hablado –contestó ella apretándose el cinturón de la bata, consciente de que debajo no llevaba nada de ropa–. No deberías haber venido.

—¿Qué es lo que no tenías?

La pregunta, hecha con seriedad, la dejó clavada al suelo.

—¿Qué?

—Antes dijiste: «No tenía...». Y luego te interrumpiste. ¿Qué ibas a decir?


—No tengo ni idea.

—Mientes —Dane lo veía en sus ojos. El transparente verde azulado reflejaba angustia. Además, la vio morderse los labios.

Desgraciadamente, también notó que no llevaba ropa debajo de la bata. Su cuerpo, al instante, amenazó con privarle de la capacidad de raciocinio.

La sangre se le agolpó en la entrepierna, pero continuó mirándola a los ojos. Había pasado tres horas tratando de convencerse a sí mismo de que era una locura volverla a ver. ¿Por qué no firmaba los papeles del divorcio y le pedía a Mel que se los entregara a Xanthe al día siguiente por la mañana?

Pero aquella frase dejada a medias le atormentaba. Eso y el brutal deseo que se estaba dando cuenta nunca había desaparecido.

«No tenía...», había empezado a decir Xanthe. Esas dos palabras no habían dejado de retumbarle en la cabeza. Por fin, sin poder aguantarlo más, había ido andando hasta el hotel. Xanthe le ocultaba algo. Y él necesitaba saber qué era.

—No estoy mintiendo y tienes que marcharte —dijo ella.

A Xanthe le había temblado la voz, traicionando

el desafío de su mirada. La notó luchar consigo misma por parecer fuerte e inmune a él. Estaba derecha como un palo y tenía la barbilla alzada, pero no logró engañarle.

Vio en ella frustración y deseo.

Dane la agarró por los brazos y tiró de ella hacia sí. La sintió ponerse tensa.

—Dímelo, Red. Dime qué pasó con tu embarazo. Tengo derecho a saberlo.

La sintió temblar en sus brazos y la vio apartar los ojos de él. También vio su expresión de angustia.

—No, por favor. Ya no importa.

—A mí sí me importa —dijo Dane.

Y volvió a sentir pena, tristeza, angustia y furia.

Pero esa vez la furia no iba dirigida contra Xanthe, sino contra sí mismo. ¿Por qué no había luchado más por verla? ¿Por qué no se había esforzado más por superar la barrera que le habían impuesto el padre de ella y sus secuaces con el fin de descubrir lo que había ocurrido realmente?

Una lágrima se deslizó por la mejilla de Xanthe. Un fuerte dolor se le agarró al estómago, eco del dolor que los matones de Carmichael le habían causado al apalearle y sacarle a rastras de la propiedad.

—Mírame, Xan.

Ella sollozó y sacudió la cabeza.

Dane le secó la lágrima con la yema del pulgar y la obligó a alzar el rostro. Los ojos de Xanthe se habían agrandado, ensombrecidos por un profundo pesar, brillando con lágrimas contenidas.

Y, de repente, lo supo. Supo la verdad que debería haber adivinado años atrás. Una verdad que debería haberle resultado obvia de haber sido un hombre de verdad en vez de un chiquillo inseguro y asustado.

Lanzó una maldición en voz baja y la abrazó para absorber su tristeza.

—No abortaste voluntariamente, ¿verdad? —susurró él con los labios pegados al cabello de Xanthe, aspirando su aroma, abrazando su frágil cuerpo.

Sintió ira, pena y culpabilidad. ¿Cómo podía haber estado tan equivocado? Y ahora que sabía lo que había pasado, ¿qué iba a hacer?

Ella seguía rígida, negándose a aceptar el confort que su padre les había negado a los dos.

—Es terrible, Red —dijo Dane tragándose el nudo que se le había formado en la garganta.

Xanthe respiró hondo y comenzó a temblar convulsivamente. Él la abrazó con más fuerza, sintiéndose impotente. Pero sabía que esa vez no iba a tomar el camino fácil. Xanthe ya no era esa chiquilla dulce, inocente y locamente enamorada de un tipo que jamás había existido y que, hasta hacía dos segundos, había creído alegrarse de ello. Pero ahora no estaba tan seguro.

Le quemaba la garganta mientras ella temblaba y él lloraba la pérdida de aquella chica optimista que siempre había pensado lo mejor de él cuando él mismo había sido incapaz de creer en sí mismo.

# Capítulo 8

**L**O SIENTO, señora Redmond. Tenemos que operar para impedir que siga perdiendo sangre.

La vorágine de emociones la hizo estallar en sollozos reprimidos durante muchos años y la hizo volver a aquellos días tan negros.

Dane le acarició el cabello. Sintió los latidos del corazón de él ofreciéndole el consuelo que había necesitado en el pasado y que tan cruelmente se le había negado. Una profunda pena le sacudió el cuerpo al pensar en lo sola e indefensa que se había sentido aquel día y en el horror que había tenido lugar a continuación.

Respiró hondo, necesitaba la fuerza de él mientras las lágrimas se le agolpaban en la garganta.

«Sé fuerte. No llores. No te derrumbes».

Dane le dio un beso en la cabeza, murmuró palabras de consuelo, disculpas que había necesitado en el pasado y que se negaba a necesitar ahora.

Entonces, las caderas de él entraron en contacto con las suyas y sintió la erección de él en el vientre.

Se excitó al instante, simplemente.

Plantó las manos en el estómago de Dane, le empujó ligeramente y, al alzar la cabeza, le sorprendió observándola con expresión de pesar y, al mismo tiempo, excitado. Alzó el brazo y le acarició el cabello, igual que había querido hacer nada más poner los pies en el despacho de él unas horas antes.

Tiró de él hacia sí, buscando sus labios.

—Llegas diez años demasiado tarde, Dane. Ahora ya solo quiero una cosa.

O solo una cosa que se permitía aceptar.

Los ojos de Dane brillaron y ella se regocijó. Eso era lo que siempre se les había dado bien. No quería la compasión de Dane, tampoco su arrepentimiento ni su comprensión. Lo único que quería era la pasión que la haría olvidar el dolor.

La boca de Dane capturó la suya, la lengua de Dane la penetró. Le permitió la entrada, el deseo desvanecía los traidores recuerdos.

Unas manos grandes se deslizaron por debajo de la bata y su cuerpo, al instante, cobró vida. Dane la estrechó contra sí, amoldando sus suaves curvas a las duras de él. Ella le rodeó el cuello con los brazos y Dane la levantó, la llevó a la cama y la depositó encima del colchón. Dane le abrió la bata de satén con manos impacientes y paseó la mirada por su desnudez.

Xanthe le agarró el cinturón, necesitaba desesperadamente rodear el miembro viril con sus manos y hacerle derretirse también. Pero Dane le agarró las muñecas y se las sujetó contra el colchón, por encima de su cabeza, dejándola desnuda y vulnerable mientras él permanecía completamente vestido.

—Todavía no —murmuró Dane con voz ronca e intensa—. Primero deja que te toque. De lo contrario, vamos a terminar en un par de segundos.

Las palabras de Dane le resultaron más gratificantes que mil declaraciones de absoluta devoción. Se entregó a su propio deseo, buscando con frenesí el alivio que le haría olvidar todo lo que no fuera ese momento.

Era una locura, pero una locura divina, el final perfecto de un día horrible. Estaba harta de pensar. Y, aunque Dane le hubiera fallado como marido y como amigo, jamás le había fallado como amante.

Aún sujetándole las muñecas, Dane le besó los labios con boca firme y exigente; después, le regaló diminutos besos por toda la garganta y los hombros. Y ella dio un salto en la cama cuando Dane le chupó un pezón.

Xanthe lanzó un gemido cuando él le pasó la lengua alrededor de la aréola para después chuparle el pezón. Y volvió a gemir cuando la mordisqueó. El deseo le bajó por el cuerpo inexorablemente mientras Dane repetía las caricias de un pecho al otro.

Ella gimió y se agitó.

–Por favor... te necesito...

–Sé lo que necesitas, cielo. Abre los ojos.

Xanthe obedeció y encontró los ojos de Dane fijos en los suyos. Alzó las caderas. No podía pensar, le quemaba la piel mientras Dane jugaba con su sexo, le acariciaba suavemente su humedad, para luego apartar la mano, atormentándola.

–Dane... –gritó Xanthe–. Deja de tontear.

Dane lanzó una ronca carcajada antes de soltarle las muñecas para abrirle las piernas. Entonces, separándole los labios vaginales, sopló sobre su sexo.

Xanthe saltó en la cama.

Temblaba cuando Dane agachó la cabeza para acariciarle los pliegues con la lengua. Gritó al sentir los dedos de Dane dentro de ella.

Gritó y gritó hundiendo los dedos en la cabeza de Dane, animándole hasta que, por fin, Dane se apoderó de su clítoris con la boca.

Se entregó a un glorioso placer, sus sentidos estallaron en una tormenta de luz.


Dane se incorporó, en su boca tenía un sabor dulce y suculento, la tensión sexual era insoportable.

Xanthe le miraba con los ojos muy abiertos y la piel luminosa.

Era la mujer más hermosa que había visto en su vida. Más hermosa incluso que diez años atrás. Había perdido la inocencia y esa fe ciega en él que en su momento le había asustado. Ahora, Xanthe guardaba mil secretos, pero él conseguía desarmarla con su «superpoder».

Sonrió para sí al recordar la vieja broma, pero el acuciante deseo disolvió la sonrisa.

Si no la penetraba en dos segundos iba a hacer el ridículo.

Sacó un preservativo de uno de los bolsillos delanteros de los vaqueros, se desabrochó el cinturón y se bajó los pantalones. Abrió el envoltorio del preservativo y se lo puso. Después, agarró a Xanthe por las caderas y la alzó, pero entonces se detuvo.

–Dime que quieres hacer esto.

«Dime que me deseas».

–Sabes que sí –respondió ella.

Dane dejó de pensar y la penetró profundamente. Le costó dar tiempo a Xanthe para acomodarse antes de empezarse a mover dentro de ella.

–¿Estás bien?

Dane recordó que Xanthe le había dicho que no tenía relaciones sexuales desde hacía cinco años por lo menos.

Rodeándole los hombros con los brazos, Xanthe se incorporó ligeramente para ajustar sus caderas a las de él y para recibirle entero.

–Muévete.

–Como usted diga, señora –respondió Dane riéndose.

Xanthe era suya. Siempre lo había sido.

Dane se retiró de ella y volvió a penetrarla. Se movió a un ritmo vertiginoso, decidido a hacerla alcanzar otro orgasmo antes que él el suyo.

Luchó por mantener el control hasta que los suaves gemidos de Xanthe se tornaron en roncos gritos al alcanzar el clímax. Los músculos internos de Xanthe le comprimieron.

Entonces, por fin, Dane se entregó al placer, cayendo sobre ella con un brutal alivio violento e intenso.

# Capítulo 9

BUENO, ESTO ha sido... –a Xanthe, aplastada contra el colchón aunque con la sensación de estar flotando, le costaba respirar. Sus dolores y penas se habían disipado con aquellos dos gloriosos orgasmos.

Pero la estupidez de lo que habían hecho la hizo sentirse confusa.

Dane se separó de ella con una sonrisa sensual dibujada en un semblante demasiado hermoso, arrogante y encantador.

–Formidable –dijo él.

–Yo iba a decir loco.

Dane lanzó una carcajada y se sentó en el borde de la cama para desatarse las botas. Después, se sacó los pantalones por los pies.

–Y yo diría inevitable –Dane se quitó la camisa y la tiró al suelo, junto a los pantalones–. Queríamos hacer esto desde que nos hemos visto –añadió Dane mientras se sacaba la camiseta por la cabeza.

A Xanthe se le secó la garganta al ver las anchas espaldas de Dane, bronceadas y marcadas por cicatrices a la altura de las costillas. ¿Cómo se había hecho esas cicatrices? Decidió no pensar en ello, no quería seguir por ese camino.

Dane tenía sus secretos, siempre había sido así, y no eran asunto suyo.

Dane se levantó y cruzó la estancia gloriosamente desnudo, con andares lánguidos y arrogantes. Ella clavó los ojos en esas nalgas musculosas y perfectas. Al instante, su cuerpo volvió a cobrar vida.

Se tapó con la sábana, demasiado consciente de su propia desnudez.

–¿Adónde vas? –preguntó ella.

Dane volvió la cabeza al tiempo que abría la puerta del cuarto de baño.

–A darme una ducha.

–No recuerdo haberte invitado a que te quedes –Xanthe se tapó hasta la barbilla.

Dane se apoyó en la puerta, ocultando, afortunadamente, el impresionante miembro.

–Voy a darme una ducha y luego vamos a hablar.

–No quiero hablar, lo único que quiero es dormir –protestó ella.

Aunque también quería olvidar la capacidad de Dane para provocarle increíbles orgasmos. Ahora que el semental había escapado del establo, no quería que la actuación se repitiera.

–Dormirás cuando acabemos de hablar –contestó él.

–Pero...

Dane entró en el baño y cerró la puerta.

–No quiero que te quedes aquí –concluyó ella en un susurro en el momento en que oyó el chorro de la ducha.

Ese hombre era incorregible. Era dominante, autoritario e imposible. Ya se habían dicho todo lo que se tenían que decir, todo. Dane había averiguado la verdad, se habían acostado juntos, ella había tenido dos orgasmos y ya está. Punto final.

De encontrarse en plenas facultades físicas y mentales, agarraría el teléfono y pediría a la gerencia del hotel que echara a Dane de allí inmediatamente. Aunque reconocía que podía ser problemático explicar por qué quería que echaran al hombre que había pagado la habitación. Pero, desgraciadamente, no estaba en plenas facultades físicas ni mentales.

Se levantó de la cama trabajosamente. El sexo la había dejado agotada. Tenía ganas de dormir durante un mes.

Pero ahora ya no le quedaba más remedio que limitar los daños.

Agarró unos cojines del sofá y los tiró en medio de la cama, para evitar problemas cuando él saliera de la ducha. Y por si a ella se le ocurría hacer más tonterías...

Se agachó y agarró la camiseta de Dane que estaba en el suelo, el único camisón que encontró, y se la puso; la bata de satén no la había protegido, la camiseta era su única defensa. Le llegaba a medio muslo y las mangas le tapaban las manos. Perfecto.

No, no tan perfecto, aquella ropa olía a él, a una mezcla de detergente y hombre.

Volvió a la cama e hizo un esfuerzo por ignorar el sensual olor mientras se preparaba para permanecer despierta unos minutos más antes de despedir a Dane.

Se acurrucó en la cama apoyando la espalda en los cojines y vio las luces al otro lado del río Hudson a través de los ventanales de la habitación.

Los latidos de su corazón se hicieron más lentos, los párpados se le cerraron... En un momento tuvo la sensación de que unos fuertes brazos la rodeaban, prometiendo cuidar de ella.

Durante el resto de su vida.

Dane, en calzoncillos, estaba acabando de comerse una hamburguesa que había pedido que le llevaran a la habitación. A unos metros de él, Xanthe dormía.

¿Qué estaba haciendo ahí? ¿Por qué no se había marchado?

Al salir del cuarto de baño había encontrado a Xanthe profundamente dormida. Al principio, había pensado que estaba haciéndose la dormida para evitar hablar con él y darle explicaciones de por qué le había mentido respecto a lo del embarazo. ¿Por qué demonios no le había dicho que había tenido un aborto natural? En vez de esperar a que él lo adivinara.

Pero después de diez minutos de observarla, su delgado cuerpo en posición fetal y apenas moviéndose, había reconocido que no solo no estaba fingiendo, sino que, probablemente, Xanthe no se despertaría hasta la mañana siguiente.

Por lo tanto, él no tenía motivo alguno para quedarse. No eran una pareja.

Pero al ir a vestirse, no había encontrado su camiseta. Después de pasar diez minutos buscándola, había visto una manga azul asomando entre la ropa de la cama. Se había acercado, había levantado la sábana y había localizado la camiseta, y los recuerdos habían vuelto a asaltarle:

Xanthe con el bañador mojado en la cubierta de un velero poniéndose la vieja sudadera del chándal de él para resguardarse del frío después de haber hecho el amor en el agua. Él agarrando una de sus camisas de trabajo y tirándosela mientras ella corría hasta el cuarto de baño del motel con el vientre abultado por el embarazo. Y un montón de recuerdos más, algunos eróticos, otros dolorosos.

Había vuelto a asaltarle ese deseo de protegerla y le había impedido marcharse.

Lo había estropeado todo diez años atrás. Xanthe tenía razón, él no había estado a su lado cuando ella más le había necesitado. Pero ya no podía hacer nada, excepto pedirle disculpas. Unas disculpas que ella había rechazado.

Pero sabía muy bien qué estrategia había utilizado Xanthe para distraerle: el sexo. Había recurrido a la química que existía entre los dos para evitar hablar con él.

Se había dado cuenta de ello en la ducha y se había enfurecido, pero ahora se había tranquilizado y había reconocido lo irónico de la situación. Al fin y al cabo, era él quien había utilizado siempre el sexo con el fin de distraerla cuando ella, diez años atrás, le había hecho preguntas sobre las cicatrices de su espalda.

Dejó un pequeño trozo de hamburguesa en el plato, cubrió los restos de la comida con la tapadera de metal y sacó el carrito de la comida de la habitación.

Se sintió incómodo al volver a la suite. Debía marcharse. Xanthe podía quedarse con su camiseta, él tenía cientos de camisetas parecidas. No sabía qué demonios estaba haciendo ahí.

Pero al aproximarse a la cama para agarrar su camisa, que estaba en el suelo, y terminar de vestirse, oyó un quedo sollozo y unos gemidos.

Destapó con cuidado el rostro de ella, fresco e inocente sin maquillaje, igual que el de la chica que recordaba. Entonces, la vio fruncir el ceño, apretar los labios y cerrar una mano, que tenía al lado de la cabeza, en un puño. El rápido movimiento de los párpados sugirió que Xanthe estaba teniendo una pesadilla. Al instante, la vio lanzar otro ahogado gemido.

El corazón le golpeó las costillas. Debía marcharse. Pero en vez de dirigirse a la puerta, se tumbó al lado de ella y le puso una mano en la cabeza para apartarle de la frente un mechón de pelo.

–Shh, Red, tranquila. Sigue durmiendo.

Xanthe le apartó la mano y su respiración se aceleró.

–Por favor, Dane, contesta al teléfono... Por favor, Dane...

Los roncos gemidos le llegaron al alma. Se sintió culpable. Xanthe, despierta, se había mostrado fuerte y resistente. Pero ahora, dormida, era otra cosa.

No, no podía marcharse. Todavía no.

Se puso los vaqueros, aunque se dejó el botón superior abierto y después, al levantar la ropa de la cama, vio un montón de cojines debajo.

Sonrió. ¿De qué iba a protegerla esa muralla de cojines? ¿De la libido de él o de la suya?

Agarró los cojines y volvió a ponerlos en el sofá.

Después, se acostó al lado de Xanthe y la rodeó con los brazos, con las nalgas de ella pegadas a su entrepierna, ignorando la súbita punzada de deseo.

Poco a poco, se fue relajando al lado de Xanthe y se durmió.

# Capítulo 10

U N PESO la sacó del sueño. Un profundo y maravilloso sueño que la hacía sentirse segura y feliz.

Abrió los párpados y clavó los ojos en una mano. Era una mano grande, bronceada, con un tatuaje de un ancla de barco en el pulgar. Una mano cerrada sobre la suya encima de la almohada, justo delante de su rostro. Era una mano de hombre. Un hombre muy viril. Una mano que conocía muy bien.

Parpadeó, hizo un esfuerzo por espabilarse y se dio cuenta de que tenía encima, sobre los hombros, un brazo de hombre, pegado a esa mano de hombre. Respiró hondo, el olor a sábanas limpias y a hombre limpio le recordó el bonito sueño antes de despertar. Se movió, consciente del largo y musculoso cuerpo pegado al suyo, y la profunda respiración de él le erizó el pelo de la nuca.

«Dane».

El sol se filtraba por las rendijas de las persianas de lamas e iluminaba el mobiliario de la lujosa habitación del hotel. Y, poco a poco, recordó los acontecimientos de la noche anterior.

Durante un momento, se entregó al confort de encontrarse en los brazos de un hombre por primera vez en... Frunció el ceño. Por primera vez desde hacía diez años.

Dane siempre había dormido pegado a ella. Durante las breves semanas que había durado su matrimonio, ella siempre se había despertado en sus brazos. Era una de las cosas que más había echado de menos. Y, en esa ocasión, las náuseas del embarazo no habían entibiado la sensación de satisfacción.

Recordaba vagamente unas pesadillas, también los brazos de él y su voz diciéndole que volviera a dormirse.

Conteniendo la respiración, sacó la mano de debajo de la de Dane, mucho más grande que la suya.

Le oyó protestar y se quedó inmóvil.

Unos fuertes dedos volvieron a agarrarle la mano. Después, el pulgar de Dane le subió la manga de la camiseta hasta el codo, la camiseta que se suponía debía protegerla de unos pensamientos que la hacían derretirse.

–¿Escapando? –preguntó una voz grave a sus espaldas.

–Intentándolo –Xanthe suspiró, disgustada consigo misma y, al mismo tiempo, estúpidamente excitada.

Podía sentir el sólido bulto pegado a sus nalgas y la dureza del pecho de Dane, y un delicioso temblor le recorrió el cuerpo.

–Umm... –murmuró él con voz adormilada al tiempo que levantaba una mano para ponérsela sobre la cadera.

La reacción en su entrepierna fue inmediata. Para evitar la caricia, se volvió bruscamente hasta quedar tumbada boca arriba.

Dane le puso la mano en el vientre al tiempo que, apoyándose en un codo, se incorporó y la miró. Dane tenía el cabello aplastado en un lado de la cabeza y la barba incipiente en la barbilla hacía resaltar la perfección de su viril hoyuelo. El deseo se reflejó en ese imposible azul de sus ojos.

Xanthe contuvo la respiración.

Dane siempre había estado guapísimo por las mañanas, sensual y algo hosco. Al contrario que a ella, a Dane siempre le había costado despertar. Pero ahora no le veía hosco, sino relajado y devastadoramente sexy.

—No tenía intención de pasar la noche aquí —dijo él a modo de explicación—. Pero ya que estoy aquí...

Dane bajó la mano hasta rozarle el sexo con el pulgar. Le tembló el vientre.

—No es buena idea —murmuró ella tratando de convencerse a sí misma.

Dane bajó el rostro y le besó la mandíbula.

—No, no lo es.

El deseo acabó de despertarla completamente. Dane le cubrió el sexo, le abrió los pliegues húmedos y localizó el clítoris con precisión.

Xanthe jadeó y se volvió de cara a él; después, le permitió que le sacara la camiseta por la cabeza. Dane se apoderó de uno de sus pezones con los labios mientras hacía magia con los dedos.

Recordó muchas mañanas así; las manos, la boca y los dientes de Dane sacándola del estupor del sueño para conducirla al éxtasis. Desdeñó los recuerdos, la oleada de romanticismo, hasta despojarse de todo lo que no fuera la exigencia de su deseo sexual en ese momento.

Deseaba a Dane, siempre le había deseado. Pero todo lo que había habido entre ellos se reducía a eso.

Estiró la mano y le tocó el miembro por encima de los pantalones.

–¿Por qué estás con pantalones en la cama?

–Deja de hacer preguntas tontas y ayúdame a quitármelos –contestó él.

Xanthe no necesitó que le insistiera. Sabía que aquello era un error, los dos lo sabían, pero ya no importaba. En pocas horas su matrimonio llegaría a su fin. Y le necesitaba, ahí, más de lo que nunca había necesitado a otro hombre. Solo una vez más.

Le abrió la bragueta con dificultad y lo encontró largo y duro debajo de los calzoncillos.

–Quítatelos –ordenó Xanthe, contenta de su poder y de la seguridad de su tono de voz.

Estaba tomando el control de la situación. Dane ya no podía hacer con ella lo que quería. Ahí estaba la prueba.

Pero en el momento en que Dane apartó la ropa de la cama y se despojó de su vestimenta, Xanthe volvió a sentirse extraordinariamente vulnerable. Entonces, Dane se colocó encima de ella, aprisionándola.

–Dime qué quieres exactamente, Red. Quiero hacerte gritar de placer.

Las palabras de él la excitaron hasta casi no poder soportarlo. Y también la aterrorizaron. Le recordaron al chico que, en el pasado, la había conducido a lugares a los que ningún otro hombre la había llevado jamás.

Nunca había sido tímida sexualmente, pero tampoco excesivamente atrevida, excepto con él.

Agarrándole el miembro, le acarició la punta con la yema de un dedo en un intento por recuperar el control. Por recuperar el poder. Y sintió una subida de adrenalina cuando el miembro de Dane se movió en sus manos.

Dane se apoderó de su boca con la suya mientras hundía los dedos en sus cabellos y ladeaba la cabeza para devorarla. La barba incipiente de él le raspó el rostro mientras sus lenguas se unían.

Dane alargó un brazo para agarrar un preservativo que estaba encima de la mesilla. Xanthe se lo quitó de las manos.

—Deja que te lo ponga yo.

El fuego y el deseo de los ojos de él le llegaron a lo más profundo de su ser. Ningún otro hombre la había deseado tanto como Dane.

No conseguía abrir el envoltorio que contenía el preservativo y él lanzó una ronca carcajada.

—Creo que necesitas practicar más.

Por fin, Xanthe sacó el preservativo y lo deslizó por el miembro de Dane, consciente de que nunca había hecho eso con otro hombre, pero decidida a que Dane no se enterara. Dane no era especial, era solo... estaba ahí solo para satisfacer su necesidad sexual. Una necesidad que se había negado a sí misma durante mucho tiempo.

Dane la estaba acariciando, con frenesí. La penetró con uno de sus largos dedos y ella dio un respingo. La evidencia de la salvaje copulación de la noche anterior estaba ahí, presente.

—Eh, ¿estás dolorida? ¿Quieres que paremos? —preguntó Dane mirándola a los ojos.

La preocupación que vio en la expresión de Dane le llegó al corazón, despertando en ella recuerdos que prefería olvidar: las ásperas manos de él acariciándole la espalda mientras ella vomitaba en el cuarto de baño de la habitación del motel; las perezosas mañanas, antes de empezar a tener náuseas, en las que Dane le había hecho el amor tomándose todo el tiempo del mundo...

—No, estoy bien —mintió Xanthe.

«No seas tierno conmigo. Por favor, no seas tierno. No puedo soportarlo».

Pero Dane no pareció convencido. Sujetándola, se tumbó boca arriba y la colocó encima de él, a horcajadas.

—¿Qué te parece si decides tú lo que hacemos y cómo?

Xanthe sintió que el corazón quería salírsele del pecho.

Pero, cuando el pulgar de Dane le tocó el clítoris, todo pensamiento la abandonó. Nunca había controlado su deseo por él.

Dane la encaminó hacia el orgasmo en el momento en que ella le permitió penetrarla.

—Eso es, Red. Entero.

Dane la sujetaba por las caderas, alzándola mientras se movía, la sensación de plenitud era casi imposible de soportar, pero se sentía incapaz de controlarse a sí misma para no absorberle entero.

Los gruñidos de él se hicieron eco de sus propios gemidos mientras incrementaba el ritmo. Se estaba aproximando a un imposible orgasmo. La cabeza le dio vueltas cuando los ojos de él se clavaron en los suyos, animándola, exigiéndole, obligándola a tirarse por el precipicio al procurarle la última y perfecta caricia.

Xanthe, echando la cabeza hacia atrás, gimió mientras su cuerpo estallaba. Le oyó gritar un momento después, sintió el pene de él latiendo dentro de su cuerpo al tiempo que le hundía los dedos en los muslos.

Se dejó caer encima de Dane y cerró los ojos. Su sonora respiración se hacía eco de los latidos del corazón de Dane. Y él le puso una mano en la nuca y se la acarició.

Dane se echó a reír, fue una risa grave, profunda, de satisfacción.

—¿Qué te parece si... antes de finalizar el divorcio... nos fuéramos de viaje de luna de miel —le susurró él al oído con voz grave.

Con un esfuerzo, se separó de él.

—¿Qué dices?

—Tengo una semana de vacaciones —Dane le acarició los brazos, erizándole la piel—. Se suponía que esta tarde iba a ir a las islas Bermudas para hacer un viaje en velero a Nassau. Podría retrasarlo un par de días.

Durante unos segundos, el cerebro no le funcionó y llegó a considerar la proposición: estar con Dane, escapar a las interminables responsabilidades de su trabajo, poner punto final al dolor del pasado...

Pero la realidad se abrió paso hasta imponerse.

Ese hombre era Dane, la persona que siempre había podido separar el sexo de la intimidad, cosa de la que ella siempre había sido incapaz. Al menos, no con él.

Ya no le odiaba. Pero Dane seguía teniendo la capacidad de seducirla en cualquier momento con una simple mirada. No podía arriesgarse a estar a solas con él ni una hora más.

–No, imposible –respondió Xanthe.

Se agachó para agarrar la camiseta de él, necesitaba cubrirse con algo de ropa. Pero Dane le agarró una muñeca, y ya no sonreía.

–¿Por qué no?

Parecía irritado, lo que le dijo todo lo que necesitaba saber.

–Porque tengo trabajo, dirijo una empresa. Soy la directora ejecutiva de Carmichael's y no puedo permitirme el lujo de irme de vacaciones.

No podía confesarle el verdadero motivo: que no quería arriesgarse a pasar todo ese tiempo a solas con él. Dane pensaría que estaba loca. Y quizá lo estuviera.

Ahora era más fuerte, había madurado, poseía un sano cinismo que debería protegerla de repetir los catastróficos errores de la juventud. Pero el hecho de que ahora supiera que Dane la había abandonado porque creía que ella le había abandonado a él abría una puerta para que los destructivos sentimientos del pasado volvieran a apoderarse de ella, eso acompañado de su increíble relación sexual.

No quería volver a ser una chica tonta; y, si alguien podía hacerla volver a tomar el camino de la autodestrucción, ese alguien era Dane. Para él, el sexo era solo sexo, en eso no había cambiado; de lo contrario, jamás habría sugerido otra noche loca después del alboroto de las últimas veinticuatro horas.

No obstante, no era de extrañar que Dane lo hubiera hecho, teniendo en cuenta que nunca la había amado como ella a él. Dane solo se había casado con ella porque se había sentido culpable y responsable del embarazo; y, aunque su padre hubiera intervenido en su ruptura, era evidente que su matrimonio había estado destinado al fracaso.

En el fondo, siempre había sido una romántica, un blanco perfecto para un hombre como Dane, que no tenía un ápice de sensibilidad ni de romanticismo en el cuerpo.

Dane nunca se había abierto a ella. Durante los tres meses que habían vivido en aquel motel, jamás había bajado la guardia.

Por fin, Dane le soltó la muñeca mientras ella se deslizaba hacia el borde de la cama y se ponía la camiseta, sintiéndose insegura, igual que de adolescente.

—¿Así que ahora diriges la empresa de papá?

—Ya no es su empresa, sino la mía.

O lo sería, tan pronto como Dane estampara su firma en los papeles del divorcio y perdiera el control de ese seis por ciento de acciones que lograrían liberarla.

Se tragó el nudo que el sentimiento de culpabilidad por el engaño le había provocado en la garganta. Dane no tenía ningún derecho a esas acciones, era simplemente un error burocrático. Un error del que, una vez corregido, jamás se enteraría.

—Cuando éramos unos chiquillos, me odiaba.

Xanthe notó amargura en la voz de él, a pesar del tono casual que Dane había empleado.

¿Qué quería Dane que ella dijera? ¿Que su padre había sido un engreído que le había considerado indigno de ella? ¿Cómo podía defender a Dane sin ponerse en evidencia por haber decidido dirigir la empresa tras la muerte de su padre? Carmichael's había sido lo más importante para su padre y ahora lo comprendía, porque también lo significaba todo para ella. Y aunque su vocecita interior le dijera que eso era mentira, que había otras cosas en la vida más importantes que dirigir una empresa, pensó que esa vocecita era solo un eco de la tonta adolescente que había creído en el amor.

–No te odiaba. Lo que pasaba era que creía estar haciendo lo que le parecía mejor para mí –se oyó decir a sí misma, consciente de lo vacías que habían sonado esas palabras.

Pero su padre, a su manera, siempre la había querido. Al contrario que Dane.

–¿Nunca se te ha ocurrido pensar que si te hubiera visto aquel día las cosas habrían sido diferentes? –Dane subió la rodilla y la sábana le cayó a la cintura.

No logró interpretar la expresión de él. Como siempre.

–No veo cómo –Xanthe titubeó–. Además, los dos hemos salido bien parados, no tengo motivos para lamentarme.

Xanthe quería terminar aquella conversación. No quería que Dane se enterase de lo duro que había sido para ella. No quería que supiera lo mucho que había sufrido al perderlos a él y a su hijo. Ni el precio tan alto que había pagado por ello.

Pero Dane extendió el brazo y volvió a agarrarle la muñeca.

–Eso es mentira. ¿Quieres saber cómo sé que es mentira?

–No especialmente –respondió ella.

–Anoche tuviste una pesadilla, estabas soñando con el aborto –dijo él–. Ese fue el motivo de que me quedara, por eso quería estar aquí cuando te despertaras. Y eso es lo que debiera haber ocurrido hace diez años.

El corazón le palpitó con fuerza. Quería preguntarle cómo sabía que había soñado con el día que tuvo el aborto natural, pero no quería saber cómo se había traicionado a sí misma durante el sueño. Ya se sentía suficientemente vulnerable.

–No era necesario que te quedaras. Estoy bien. No es la primera vez que tengo esas pesadillas...

Se interrumpió al darse cuenta de su equivocación y al ver la dura expresión de él.

–¿Con qué frecuencia sueñas con eso?

«Con demasiada».

–Con poca frecuencia –mintió Xanthe.

–¡Ese sinvergüenza! –aunque la furia de Dane no iba dirigida a ella, sintió toda su fuerza.

–En serio, no me pasa nada. Ya he superado lo que pasó.

–No mientas, Red.

Dane le acarició la oreja, le echó el pelo hacia atrás y luego le puso las manos en la cara. Ese tierno gesto le aceleró el pulso dolorosamente.

–Sabes que puedes contar con mi apoyo, ¿verdad?

–No necesito tu apoyo –respondió Xanthe, negándose el repentino deseo de aceptar el consuelo que él le ofrecía.

–¿De qué tienes miedo? –preguntó Dane, rompiendo las defensas que llevaba años levantando.

–No tengo miedo –¿cómo podía saber Dane que tenía miedo? No la conocía realmente–. ¿Por qué iba a tener miedo?

–No lo sé, eso solo lo sabes tú –respondió él–. ¿Por qué te empeñaste ayer en no decirme que habías abortado de forma natural?

Xanthe se puso tensa y se apartó de él.

–¿Por qué iba a molestarme en darte explicaciones sobre algo que pasó hace años? Ya no tiene importancia.

–Claro que la tiene. Tengo derecho a saber lo que pasó realmente. Sobre todo, ahora que sé que sigues teniendo pesadillas por...

–¿Por qué, Dane? –le interrumpió ella–. ¿Por qué te crees con derecho a saber nada cuando jamás quisiste tener un hijo tanto como yo?

Vio algo en la expresión de él, algo como... dolor. Pero desapareció al instante, debía de haberse equivocado. Dane nunca había querido tener un hijo, de eso no le quedaba la menor duda.

–Si hubieras querido tenerlo habrías insistido en verme en vez de suponer que había ido a abortar voluntariamente –añadió Xanthe.

–Insistí en verte –un brillo furioso asomó a los ojos de él–. Tu padre me echó a sus esbirros para que me sacaran de allí.

–¿Que mi padre... qué? –una profunda angustia se le agarró al pecho–. ¿Te hicieron daño?

Aún recordaba a esos hombres, siempre la habían aterrorizado, a pesar de que su padre hubiera insistido en que estaban allí para protegerla.

Dane achicó los ojos, su expresión mostraba una irritación que conocía muy bien. Si algo no soportaba Dane era que le tuvieran lástima.

–Me las apañé –contestó él.

Pero Xanthe no le creyó. A pesar de haber sido musculoso y fuerte a los diecinueve años, y tan alto como era ahora, también había estado mucho más delgado, menos sólido, aún un adolescente. ¿Cuatro de esos hombres contra él? El daño podía haber sido considerable.

Xanthe se fijó entonces en la cicatriz que Dane tenía encima de la ceja izquierda, una cicatriz que no había tenido antes. Las que sí conocía eran las de la espalda, las cicatrices de las que Dane nunca había querido hablar.

Señaló con el dedo la fina línea que le cruzaba la ceja.

–¿Cómo te hiciste esa cicatriz?

–No me acuerdo.

Sí que se acordaba, pero no parecía dispuesto a hablar de ello.

¿Por qué deseaba insistir en averiguarlo? Quizá porque Dane la había tenido abrazada toda la noche, durante la pesadilla, haciéndola sentirse vulnerable y perdida sin él. Y después, por la mañana, habían hecho el amor una vez más.

–Mi padre no tenía derecho a tratarte así –declaró ella–. Si me dices las heridas que sufriste haré que mis abogados estudien la compensación adecuada y te la den.

De repente, pagarle le pareció la solución perfecta. La única manera de liberarse de él y de los sentimientos que Dane despertaba en ella. La única forma de poner distancia entre él y ella.

–No te hagas la princesita conmigo. No quiero tu dinero, nunca lo quise. Y puedes estar segura de que no lo necesito para nada.

–Era solo una cuestión de compensa...

–Tú no hiciste nada malo –la interrumpió Dane–, fue tu padre. Si alguien me debe disculpas es él.

–Lo siento, pero lleva muerto cinco años, así que no creo que vayas a poder obtener de él ninguna disculpa.

–No quiero las disculpas de un muerto, lo que quiero es que tú reconozcas que tu padre nos hizo daño. ¿Por qué te cuesta tanto reconocerlo?

Xanthe alzó las manos y las agitó en el aire.

–Está bien, reconozco que se portó mal. ¿Satisfecho?

–No. Quiero que te quedes aquí conmigo.

–¿Qué tiene eso que ver con lo que pasó?

–Nos obligó a separarnos antes de tiempo. Ahora tenemos la oportunidad de despedirnos y separarnos bien, sin reproches.

Dane le recorrió el cuerpo con la mirada y la inevitable oleada de deseo le dejó muy claro lo que despedirse conllevaba.

–Ya somos mayores y merecemos terminar bien. ¿No te parece?

«Me asusta que todavía signifiques algo para mí. Que signifiques demasiado».

–Ya te lo he dicho, no tengo tiempo.

–Es no es verdad. Estás al frente de una empresa

y puedes sacar tiempo para esto. Lo que pasa es que no quieres y yo quiero saber por qué.

–No quiero porque no tengo ninguna gana de pasar unos días contigo –gritó ella tratando de convencerse a sí misma de sus palabras–. Si tu ego no puede aceptarlo, es tu problema, no el mío. Hemos acabado, acabamos hace diez años.

–Y a pesar de ello sigo haciéndote gritar de placer. Y hace al menos cinco años que no has tenido relaciones con otro hombre. Cinco años es mucho tiempo.

Xanthe enrojeció bajo la penetrante mirada de él.

–¿Qué? ¿Hace más de cinco años?

¿Cómo podía él saber eso?

–Yo no he dicho semejante cosa –se apresuró ella a decir. No lo negó rotundamente porque Dane notaba cuándo mentía.

Dane siempre había sabido utilizar contra ella lo mucho que le deseaba. En su corta vida de casados, nunca la había tratado como a una verdadera esposa. Siempre se había mostrado reservado, jamás había compartido secretos con ella.

Pero Xanthe ahora sabía por qué. Que hubiera sido posesivo con ella y se hubiera esforzado por protegerla no había sido una muestra de amor, sino de posesión. Si Dane se enterase de que después de romper con él no había vuelto a acostarse con un hombre tendría un arma infalible para controlarla.

–No tienes que decirlo, lo llevas escrito en la cara.

–¡Cállate!

Xanthe, furiosa, se dirigió al cuarto de baño para encerrarse allí antes de que Dane descubriera la humillante verdad y la hiciera perder la compostura por completo.

La risa de él la siguió hasta la ducha.


¿Quién habría podido imaginarse que Xanthe fuera tan encantadora cuando estaba enfadada?

Dane se rio mientras ella se encerraba en el baño dando un portazo. Después, se pasó la mano por el pecho, cuando le volvió la sensación de ahogo.

No debería importarle que su esposa se hubiera o no acostado con otros hombres después de romper con él. Tampoco debería importarle que no quisiera pasar otra noche en ese hotel.

No era un tipo posesivo ni le gustaba proteger a nadie. Pero con Xanthe siempre había sido diferente. Porque Xanthe había sido su primer amor y porque él la había dejado embarazada.

Además, verla tener pesadillas y saber que le ocurría con frecuencia le había afectado. Se sentía culpable por no haber estado al lado de Xanthe cuando ella le había necesitado, a pesar de que la razón le decía que no había sido culpa suya.

Y no le gustaba ver esa mirada triste tras la máscara de chica dura que se empeñaba en presentar Xanthe.

Después de vestirse, Dane agarró el móvil y llamó a su abogado. Había prometido firmar los papeles del divorcio, pero no había dicho que fuera a hacerlo inmediatamente.

—Hola, Jack —dijo Dane cuando su abogado respondió a la llamada—. Quería comentarte algo sobre los papeles que te envié ayer...

–Anoche los eché un vistazo –respondió Jack yendo directamente al grano, como de costumbre–. Justo ahora iba a llamarte.

–Bien. He accedido a firmarlos, pero...

–Como abogado tuyo que soy, te aconsejo que no lo hagas –le interrumpió Jack.

–¿Por qué? –preguntó Dane, sintiendo de repente un nudo en el estómago–. Es solo un trámite burocrático, ¿no?

–Exacto –contestó Jack–. Lleváis ya algo más de diez años separados, y de dos a cinco años es el límite, en la mayoría de las jurisdicciones, para oponerse al divorcio.

–En ese caso, ¿por qué me aconsejas que no firme los papeles?

Jack se aclaró la garganta para continuar en tono de dar una lección:

–La verdad es que tu esposa no necesita que firmes nada para obtener el divorcio. Nada más enterarse de que no estabais divorciados, podría haber presentado estos papeles en Londres y su abogado habría conseguido el divorcio sin problemas. Eso es lo que me ha impulsado a hacer algunas indagaciones, me resultó extraño que viniera a Nueva York a entregarte los papeles en persona. Y eso me ha llevado a encontrar una cosa muy curiosa en la letra pequeña.

–¿Qué? –preguntó Dane con aprensión.

Dane ya se había preguntado por qué Xanthe había creído necesario entregarle los papeles en persona. El hecho de que no hubiera tenido que hacerlo era significativo. Ahora, temía que no iba a gustarle el motivo de la visita de ella.

–Hay un anexo que establece que ninguna de las dos partes tiene derecho a la propiedad del otro adquirida después de la presentación y archivo de los papeles originales.

–En ese caso, supongo que ella no puede reclamar nada de mí –dijo Dane lanzando un suspiro de alivio.

–Sí, exacto. Y eso me hizo pensar en que quizá ella no haya venido para reclamar nada tuyo, sino para proteger lo suyo, para proteger su propiedad.

–No lo entiendo. Yo no puedo quitarle nada, no tengo derecho a su propiedad.

¿Acaso Xanthe creía que él quería su propiedad? En una ocasión, el padre de ella le había acusado de ser un cazafortunas, de dejar embarazada a su hija para casarse con ella y acceder al dinero Carmichael. ¿Había creído Xanthe a su padre? ¿Era por eso por lo que Xanthe le había dejado creer que había abortado voluntariamente? ¿Para castigarle por algo que él no había hecho?

Sintió ira. El orgullo herido se le agarró al estómago.

–En eso te equivocas –respondió Jack–. Tienes derecho a parte de su empresa. Acabo de tener una conversación con un colega del Reino Unido que ha examinado las cláusulas del testamento del padre de ella. Carmichael hizo testamento años antes de que ella te conociera. Y puedes estar seguro de que explica el motivo de que ella haya venido a Nueva York para hacerte firmar los papeles del divorcio.

Mientras Dane escuchaba las explicaciones de Jack sobre los términos del testamento de Charles Carmichael, la furia contenida le cerró la garganta. Era la misma furia que había sentido años atrás después de ser apaleado por los matones de Carmichael cuando él había ido a ver a su esposa para saber qué había pasado.

Todas y cada una de las palabras de Jack se le clavaron como puñales en el pecho. De repente, sintió la misma cólera contra Xanthe que contra su padre. Por hacerle sentirse así otra vez: un don nadie desesperado que quería algo que no podía tener.

Desde su llegada a Nueva York, Xanthe le había estado manipulando. ¿Hasta qué punto lo que había habido entre los dos era auténtico? Xanthe le había dicho que no quería pasar más tiempo con él, ahora sabía por qué; porque, una vez que hubiera firmado esos papeles, Xanthe tendría garantizado que él ya no podría tocar su maldita empresa.

Xanthe le había mentido. Había decidido que él no se merecía saber la verdad. Incluso le había acusado de no haber querido tener un hijo.

Pensó en la pasión compartida, en los gritos de éxtasis... Xanthe no solo le había mentido, había utilizado contra él el deseo que sentía por ella. Le había manipulado. Y, como insulto final, le había ofrecido dinero a modo de despedida y como compensación por la paliza recibida diez años atrás.

Se despidió de Jack, se sentó y esperó a que Xanthe saliera del cuarto de baño. En la boca tenía el sabor amargo de la traición.

Lo bueno del caso era que ahora tenía mucho más poder del que había tenido nunca. E iba a utilizarlo. Iba a demostrarle a Xanthe que no consentía que nadie se riera de él. No, ya no.

# Capítulo 11

A XANTHE LE llevó veinte minutos darse cuenta de que no podía pasarse el resto de la vida escondida en aquel cuarto de baño.

Se había enfrentado a una junta directiva hostil durante cinco años y al descontento de su padre durante mucho más tiempo. No había motivo por el que no pudiera enfrentarse a un atractivo diseñador de barcos.

A pesar de ello, dio un respingo cuando oyó unos golpes en la puerta.

—¿Sigues ahí o has desaparecido por las tuberías?

—Ahora mismo salgo.

—Acaban de traerte un paquete.

La ropa.

«¡Aleluya!».

Fue a descorrer el cerrojo de la puerta, pero se detuvo.

—¿Te importaría dejar el paquete ahí, al lado de la puerta?

Con la bata de satén en el dormitorio y la camiseta de Dane doblada en la encimera del lavabo, solo le cubría una toalla.

—¿Por qué no pides que nos suban el desayuno? —añadió Xanthe.

—Si quieres el paquete vas a tener que salir y recogerlo tú.

«Maldito hombre».

Xanthe se sujetó con fuerza la toalla alrededor de los pechos, descorrió el cerrojo y abrió la puerta. Entonces, le pasó la camiseta a Dane con brusquedad; notando, a su pesar, los espectaculares pectorales de él, visibles debido a que llevaba la camisa desabrochada.

Dane agarró su camiseta, pero alzó el paquete cuando ella fue a tomarlo.

–No tan de prisa.

–Dame el paquete –ordenó Xanthe en tono autoritario, el mismo tono con el que había conseguido buenos resultados en las reuniones de la junta directiva–, es ropa. Si quieres seguir hablando conmigo, tendrá que ser después de que me vista, no voy a pronunciar una palabra más desnuda.

–Te daré al paquete a condición de que me prometas que saldrás del cuarto de baño.

Xanthe frunció el ceño al notar una nota dura en su voz. Algo le pasaba. Algo no andaba bien, a juzgar por la tensión de su mandíbula y su expresión impasible.

–¿Qué pasa?

–Nada. Nada en absoluto –respondió Dane con voz dura–. Si descontamos que, como estabas enfurruñada, te has encerrado una media hora en el baño.

No había estado enfurruñada, sino considerando cuidadosamente las opciones que tenía. Estaba harta de ser una cobarde. Iba a enfrentarse a él y a terminar de discutir los asuntos pendientes.

–Trato hecho.

Dane le dio el paquete y ella se metió en el cuarto de baño, cerró con cerrojo y se apoyó en la puerta.

Algo andaba mal, lo había visto en la expresión de Dane, en su dura mirada.

Lanzó un suspiro y desenvolvió la ropa. Cuanto antes se vistiera y se enfrentara a lo que fuera, mejor.

Cinco minutos más tarde, Xanthe salió del baño vestida con vaqueros y camiseta. Dane estaba con su camiseta, pero sin la camisa. Incluso con el pecho cubierto, sus pectorales se tensaron al levantarse del sofá.

Xanthe, de repente, vio los papeles del divorcio encima de la mesa de centro. Dane debía de haberlos recibido por mensajería.

La sensación de alivio se mezcló con un extraño vacío al pensar que Dane ya los había firmado. Lo que, por supuesto, era ridículo.

—Perdona por haberte hecho esperar —dijo ella educadamente.

—¿En serio?

Dane seguía enfadado por algo, pero ella se negó a contestar. Se acercó a una mesa de bufé en la que había una cafetera y se sirvió una taza. En realidad, no sabía qué decir.

El silencio era tenso mientras bebía un sorbo del ardiente líquido.

—Ya veo que sigue gustándote el café muy cargado —comentó ella.

Un recuerdo la asaltó y le temblaron los dedos. Se volvió y le sorprendió mirándola fijamente.

—No sé qué más quieres de mí, Dane. Ya te he pedido disculpas por lo que mi padre te hizo, por lo que pasó. Obviamente, nuestra ruptura... La forma en que rompimos es lamentable. Pero quiero que nos separemos como amigos. Y, lo siento, pero no puedo quedarme más tiempo en Nueva York.

Por muy tentador que fuera el ofrecimiento de él, por muy tentador que fuera entregarse a los placeres de la carne, no quería volver a ser esclava de su libido.

–¿Para eso es para lo que has venido, para terminar lo nuestro amigablemente?

Era una pregunta con segundas intenciones. Y aunque ese no había sido el motivo de ir allí personalmente, se le hacía un nudo en la garganta al pensar en lo que habían compartido la noche anterior.

¿Había estado engañándose a sí misma? A pesar de lo importantes que esos papeles eran para su empresa, podía haber hecho que un abogado se encargara del asunto, habría sido más eficiente y más sencillo. Pero tan pronto como Bill había mencionado el nombre de Dane, había decidido solucionar el problema en persona. Y sospechaba que se debía a razones más complejas de las que se había atrevido a admitir.

Xanthe dejó la taza de café en la consola y le miró a los ojos.

–¿Quieres saber la verdad? Creo que necesitaba volver a verte. Y aunque ha sido difícil para los dos, me alegro de haberlo hecho.

–¿Sí?

–Sí –respondió Xanthe–. ¿Por qué pareces tan enfadado?

–Bonitas palabras. ¿Quieres que firme esto y que desaparezca de tu vida? –preguntó Dane al tiempo que agarraba los papeles.

–Sí, claro –respondió ella titubeante, nerviosa.

Dane no estaba enfadado, estaba furioso, a pesar del esfuerzo por disimularlo.

–Pues no voy a hacerlo –Dane rompió los papeles y le tiró los trozos a los pies.

–¿Por qué has hecho eso? –Xanthe se agachó para recoger el destrozo, el corazón le latía a un ritmo vertiginoso.

Dane la agarró de un brazo y la hizo levantarse.

–Porque no soy tan estúpido como crees. Sé perfectamente por qué tienes tanto interés en que firme estos papeles. Lo que quieres es que renuncie a mi cincuenta y cinco por ciento de la empresa que tu padre le dejó a «tu marido» en el testamento.

–Pero... –le temblaron las piernas. El golpe fue peor al ver la expresión de desprecio del rostro de él.

–No has venido aquí a terminar conmigo amistosamente, sino a reírte de mí.

–Eso no es verdad –pero se sintió culpable mientras pronunciaba esas palabras –Bueno, es verdad en parte. Pero eso era antes de enterarme de...

–¿Crees que puedes mentir, engañar y hacer lo que sea con tal de salirte con la tuya? ¿Igual que tu padre? Bien, pues te vas a llevar una gran sorpresa porque ya no permito que nadie me tome el pelo.

Xanthe podía alegar un millón de cosas en su defensa, cosas que quería decir, pero se le cerró la garganta. La furia de Dane la hizo encogerse, enmudecer. Deseó que se la tragara la tierra. Se sintió como cuando su padre la regañaba de pequeña, acusándola de ser demasiado blanda, demasiado sentimental...

–Debo reconocer que lo de la seducción casi te ha

funcionado. No se te puede negar que has aprendido a utilizar el cuerpo muy bien.

El desdeñoso comentario fue como una bofetada, pero también desató la ira que había contenido durante demasiado tiempo.

–¿Cómo te atreves a insinuar que...?

Xanthe se soltó el brazo y le dio una bofetada, decidida a borrar del rostro de Dane esa sonrisa de desprecio.

Pero su cólera se desvaneció instantáneamente al verle llevarse una mano a la mejilla, al ver su mirada de menosprecio.

Xanthe tembló de los pies a la cabeza.

Dane se pasó la lengua por la gota de sangre de la comisura de sus labios. La frialdad con la que había aceptado el golpe la hizo sentir náuseas. ¿Cuántas veces habían golpeado a Dane a lo largo de su vida?

–Vaya, la niña de papá ha aprendido a pelear –dijo él.

Xanthe sintió una profunda angustia y un sobrecogedor arrepentimiento por lo que había hecho. ¿Por qué se estaban torturando de esa manera? No podía odiar a Dane, era demasiado doloroso.

Pero... ¿cómo podía Dane despreciarla de esa manera, sin conocerla realmente?

–Dane, puedo explicártelo. No es lo que parece.

Aunque, en cierto modo, sí lo era.

–Es exactamente lo que parece.

Dane se apartó de ella, se dirigió a la puerta y la abrió. La abandonaba una vez más, igual que había hecho en el pasado. Pero no encontró las palabras para detenerle.

Antes de salir, Dane se detuvo, volvió la cabeza y la miró con ojos gélidos.

—Jamás quise el dinero de tu padre ni su maldita empresa. No obstante, me encanta saber que ahora, si quiero, puedo quedarme con parte de ella. Si se me antoja. Y no vuelvas a ponerte en contacto conmigo.

Xanthe se dejó caer en el sofá tan pronto como él se marchó. La cabeza le daba vueltas y el cuerpo le temblaba.

Quizá debería haberle dicho lo del testamento desde el momento de descubrir que Dane no la había abandonado todos esos años atrás. Ahora comprendía que él se sintiera traicionado. Pero, por otra parte, Dane había supuesto que ella había abortado voluntariamente, lo que significaba que nunca se había fiado de ella. Y ahora amenazaba a su empresa. ¿Por qué? ¿Porque ella había tenido la audacia de protegerse a sí misma?

Lo que a Dane le ocurría era que sentía su orgullo herido. Dane, a su modo, era igual de obstinado y autoritario que su padre.

Bien, ella ya no era una chica tímida y frágil que se dejaba seducir fácilmente. No iba a cruzarse de brazos y permitir que le destrozara la vida.

Ahora tenía la fuerza suficiente para enfrentarse a Dane. Se iba a enterar de lo que la niña de papá era capaz de hacer para conseguir que firmara los papeles del divorcio, costara lo que costase encontrarle.

Cuatro horas más tarde, después de ir a las oficinas de Dane e interrogar sin resultado a su secretaria,

Xanthe descubrió que no iba a ser tan fácil encontrarle.

Sentada en la sala de salidas del aeropuerto JFK a la espera de embarcar para el vuelo a San Jorge, las Bermudas, se preguntó cómo iba a mantenerse fuerte y decidida al enfrentarse a su exmarido en un yate en medio del Atlántico.

# Capítulo 12

AHÍ, EN el horizonte. Tiene que ser ese –dijo Xanthe señalando un velero.

El piloto del velero que había contratado aquella tarde en la isla Ireland, las Bermudas, asintió.

Xanthe se echó hacia atrás unas hebras de pelo que se le habían escapado del moño. La adrenalina le corría por las venas y los nervios se le habían agarrado al estómago.

El barco aumentó la velocidad y ella se agarró a la barandilla. El agua del mar le salpicó el rostro, pero no la refrescó tanto como habría deseado.

La loca persecución para encontrarse con Dane llegaba a su punto final después de dos horas de vuelo, una noche sin dormir en un hotel del aeropuerto de San Jorge buscando en Internet los lugares en los que Dane podía haber estado con su barco y tres horas de taxi por las Bermudas para localizarle.

El embarcadero Royal Naval había sido el último de su lista. Al llegar, por fin, había descubierto que Dane había estado allí y que acababa de salir a navegar, lo que la llenó de angustia y alivio simultáneamente.

Se aferró a la barandilla mientras el barco se acercaba al velero de Dane.

Al menos, su frenética llamada telefónica a Londres a las cuatro de la madrugada le había confirmado que Dane no había iniciado ninguna demanda contra ella. Quizá estuviera a tiempo de hacerle entrar en razón.

Los brillantes soportes de acero, la cubierta de teca y el reflejo de las aguas esmeralda en la fibra de vidrio del velero le conferían un aspecto magnífico.

Le dio un vuelco el corazón al ver el nombre de la embarcación: *La Bruja del Mar.*

Así la había llamado en broma.

«Me tienes hechizado, me tienes embrujado, Red... Eres como una bruja del mar».

Unas gotas de sudor perlaron su frente al ver a Dane cerca de la proa. Y justo en ese momento él volvió la cabeza, justo cuando el piloto pegó el barco al velero de Dane y anunció su llegada.

Xanthe se echó la cartera al hombro. Disponía de poco tiempo. Tenía que subir a bordo del velero antes de que Dane se lo impidiera y de que el capitán de su barco se diera cuenta de que la historia que le había contado, que era una invitada que había llegado tarde, era mentira.

Agarrando una cuerda, subió al barco de Dane, se quitó el chaleco salvavidas y lo tiró al barco en el que había llegado.

–¡Ya puede marcharse! –le gritó al capitán.

El capitán miró a Dane, que había dejado lo que estaba haciendo y se estaba acercando a ella.

–Le llamaré dentro de unos veinte minutos –gritó Xanthe al piloto–. Y le pagaré el doble si se va y nos deja.

Dane no la quería allí, lo que significaba que tendría que escucharla. ¿O no?

–Como diga, señora –el motor del otro barco rugió y comenzó a alejarse.

–¿Adónde va? –preguntó Dane.

–Vuelve al puerto y volverá a recogerme tan pronto como le llame.

Dane parecía furioso.

–Bájate de mi barco ahora mismo.

–No –Xanthe alzó la barbilla–. No voy a marcharme hasta que no firmes los papeles –dejó la cartera a los pies de él–. Me han enviado una copia.

«No tienes ni idea de con quién te la estás jugando».

–¿Qué te hace pensar que no te voy a tirar por la borda?

–Inténtalo.


Dane reprimió los insultos que se le ocurrieron en ese momento. Un súbito deseo se agolpó en su entrepierna como si fuera nitrógeno líquido.

No tenía palabras para calificar su sorpresa. Quizá no estuviera tan asombrado como al verla entrar en su despacho en Nueva York, pero casi.

Xanthe era la única mujer, aparte de su madre, que había conseguido hacerle daño. Y aunque sabía que ya no podía seguir haciéndoselo, no quería poner a prueba su capacidad de resistencia. Sobre todo, durante unas vacaciones que llevaba planeando desde hacía meses. Incluso años.

Pero ahora que la tenía delante, con ese abundante

cabello rojizo revuelto y esos ojos felinos con un brillo desafiante, no pudo contener la subida de adrenalina.

¿Cuánto tiempo hacía que una mujer no le desafiaba ni le excitaba tanto? Xanthe era la única. Pero la chica con la que se había casado era solo una sombra de la mujer en la que se había convertido.

Siempre habían sido compatibles sexualmente, pero apenas había vislumbrado el genio y temperamento de ella diez años atrás, solo en muy pocas ocasiones.

Dane cruzó los brazos, se encogió de hombros y se dirigió hacia la popa.

No era gran cosa que Xanthe tuviera más valor del que se había imaginado. A ver cuánto aguantaba al descubrir que él no estaba dispuesto a seguirle el juego.

Agachando la cabeza para pasar por debajo de la vela mayor, se puso a desatar la cuerda que había sujetado a la cadena del ancla y después pulsó el botón que activaba el torno del velero.

–¿Qué haces? –gritó ella con horror, siguiéndole.

–Levantar el ancla –respondió Dane, a pesar de ser obvio lo que estaba haciendo–. Dispones de dos minutos para llamar a tu capitán antes de que lleve el barco mar adentro.

–No voy a bajarme de tu barco hasta que no firmes los papeles.

Dane se dio la vuelta y ella se chocó contra su pecho. A trompicones, Xanthe dio unos pasos atrás y acabó sentada en uno de los bancos del velero. Tenía las mejillas encendidas y una cautivadora mirada, mezcla de susto y deseo.

Al instante, sintió una incipiente erección.

–No voy a firmar nada.

Dane agarró la rueda de timón y la giró hasta posicionar el barco para continuar su viaje.

–Es un viaje de cuatro días a las Bahamas, es ahí adonde me dirijo. Y no hay ningún sitio para hacer escala. Si quieres pasar cuatro días en el barco conmigo, adelante. O eso o te tiras por la borda y vas al embarcadero nadando. Eres buena nadadora, llegarías al atardecer.

Estuvo a punto de echarse a reír al ver la cómica expresión de enfado de ella, pero recordó a tiempo el motivo por el que Xanthe estaba allí. Había ido para proteger la empresa de un hombre que le había tratado como si fuera basura.

–No voy a moverme hasta que no firmes los papeles. Si crees que me asusta pasar cuatro días contigo en un velero, te equivocas.

De nuevo, el espíritu luchador de ella le excitó.

La vela mayor se tensó y el velero tomó velocidad.

Xanthe se agarró a la barandilla y la fugaz expresión de pánico de su rostro compensó el deseo que se estaba apoderando de él mientras el velero incrementaba la velocidad.

–Bueno, si tú lo dices... Aunque quizá deberías estar asustada –respondió Dane, no tan enfadado como debiera de que Xanthe estuviera allí.

Xanthe estaba agotada y con los nervios a flor de piel. Tragó saliva mientras veía la costa cada vez más lejos. Había ido allí para hablar con él, para hacerle entrar en razón. Y debía conseguirlo aunque para ello tuviera que darle con un martillo en la cabeza.

–Te pido disculpas por no haberte dicho lo del testamento de mi padre. Debería haber sido sincera contigo desde el momento en que me enteré de que no me habías abandonado cuando tuve el aborto, tal y como mi padre me hizo creer.

Dane se puso las gafas de sol con expresión impasible mientras manejaba la rueda del timón, sin darle ninguna indicación de cómo se estaba tomando sus disculpas.

Le estaba contestando con su silencio, igual que había hecho años atrás, lo que la enfureció aún más.

Xanthe respiró hondo, llenándose los pulmones del fresco aire del mar. Qué tonta había sido al no darse cuenta de la facilidad con la que Dane le había mermado la confianza en sí misma negándose a hablar con ella.

«Pero ya no», se dijo a sí misma mordiéndose los labios.

Ahora ya no era una chiquilla necesitada de afecto. Y no iba a bajarse de ese barco hasta no conseguir lo que se había propuesto: la firma de Dane en los papeles del divorcio.

Desvió la mirada hacia la isla Ireland, las Bermudas, y vio que ya no era más que una neblina en un horizonte salpicado de algún que otro gigantesco barco crucero.

Tomó aire y lo soltó despacio. El plan había sido conseguir la firma de Dane, no acabar a solas con él en un velero durante cuatro días.

Al pensar en ello, sintió pálpitos en la entrepierna. De una cosa estaba segura: no debía permitirle saber el poder que sexualmente seguía teniendo sobre ella.

–Yo no quiero estar aquí y tú no quieres tenerme aquí. En ese caso, ¿por qué no acabamos con esta farsa? De esa manera no tendremos que volver a vernos nunca más.

Dane volvió la cabeza hacia ella. Por fin parecía prestarle atención.

–A mí nadie me da órdenes, princesa.

–Bien. En ese caso, si te niegas a ser razonable, supongo que no te va a quedar más remedio que aguantarme.

Xanthe se dirigió al interior del velero. Necesitaba calmarse y pensar.

Dentro, en la zona de estar, el aire fresco fue como un bálsamo para su piel recalentada. Sin embargo, al pasear la mirada por el espacio que Dane y ella iban a compartir durante cuatro días, se le hizo un nudo en el estómago.

El velero parecía enorme por fuera, pero Dane lo había diseñado pensando sobre todo en la velocidad que el barco podía alcanzar. Aunque el salón estaba lujosamente amueblado y contaba con un sofá, una mesa, estanterías repletas de mapas y libros, otra mesa de trabajo y una cocina muy bien equipada, el espacio era mucho más reducido de lo que había supuesto.

Dane medía un metro noventa y tenía unas espaldas enormes. ¿Cómo iban a compartir ese espacio y al mismo tiempo evitar chocarse constantemente?

Fue entonces cuando vio una puerta al fondo que

estaba entreabierta. Era la cabina del dueño y tenía una cama de madera de caoba que ocupaba casi todo el espacio, la cama estaba cubierta por una colcha azul marino.

El pánico se le agarró a la garganta, sin mencionar otras partes de su anatomía.

Pero Dane pasaría la mayor parte del tiempo en cubierta, no ahí, razonó Xanthe. Ningún navegante, yendo solo, pasaba más de veinte minutos alejado del timón; debía vigilar y estar atento a la presencia de otros barcos y demás peligros que el mar pudiera presentar. Y ella no tenía intención de ofrecerse a echarle una mano, porque estaba allí en contra de su voluntad.

Dejó la cartera, se acercó a la zona de cocina y abrió el frigorífico. Lo encontró con toda la comida que se le podría antojar si estuviera pasando unas vacaciones con gastos pagados en un velero de cinco estrellas.

Dane la había acusado de ser una princesa, se merecía que ella representara ese papel. Y no importaba que el espacio fuera reducido, contaba con todas las comodidades que ella pudiera necesitar mientras estaba a bordo de la embarcación, hasta que lograra hacer entrar en razón a Dane. Con él en cubierta, el interior del velero sería su santuario.

Después de localizar otra cama con su propio cuarto de baño, se acicaló y guardó la cartera. Cuando volvió a la zona de cocina, abrió una de las botellas de champán del frigorífico, se sirvió una copa y se preparó una comida digna de una princesa con aquellos ingredientes de lujo.

Sin embargo, al empezar a comer, notó que no había logrado calmarse.

¿Cómo iba a doblegar a un hombre que se negaba a obedecer ninguna regla que no fueran las suyas? Un hombre cuya proximidad la hacía derretirse.

Dane sujetó con fuerza la rueda del timón, recorrió con la mirada la superficie del agua y notó que no había ninguna embarcación a la vista. Giró a estribor y la vela golpeó el mástil; después, tras tensarse, aprovechó la fuerza del viento y el velero tomó más velocidad.

Se sintió extasiado mientras el sol le acariciaba el rostro y el agua del mar le salpicaba la piel.

Próxima parada, las Bahamas.

¿Por qué había tardado tanto en echarse a la mar?

Entonces, su mirada se desvió hacia el interior del barco. Xanthe se había encerrado allí hacía ya dos horas.

Se le aceleraron los latidos del corazón. Que Xanthe hubiera decidido encerrarse confirmaba lo que él ya sabía: ella también había sentido ese loco deseo nada más poner los pies a bordo. El hecho de ser el único de los dos dispuesto a admitirlo le daba ventaja.

Xanthe cometía un gran error si creía que iba a poder evitarle en un barco de dieciséis metros de eslora, aunque se pasara ahí dentro todo el viaje.

Cuando por fin el sol desapareció por el horizonte, Dane puso el piloto automático y bajó al interior del velero. Encontró el salón vacío y la puerta de la cama extra firmemente cerrada. Pero no pudo evitar notar el aroma a flores que le había envuelto dos noches atrás.

Se frotó la mandíbula, llevaba dos días sin afeitarse. Se imaginó las uñas de ella por su piel...

Dane sacudió la cabeza y agarró una cerveza del frigorífico; entonces, fue a su cabina y tomó una manta y el despertador, necesitaba mantener la vigilancia durante la noche.

Pero al dirigirse de nuevo a cubierta, listo para dormir en la cabina del timón, vio un plato con comida en la zona de cocina. Al lado del plato había una botella de champán y una nota.

*Para Dane, de su exesposa.*
*No te preocupes, la princesa no te ha envenenado la comida... ¡Todavía!*

Dane lanzó una queda carcajada.

—Pequeña bruja.

Al instante, le asaltaron los recuerdos de todas aquellas comidas esperándole en la habitación del motel a la vuelta de un día más de buscar trabajo sin éxito. Y su sonrisa se desvaneció. De repente, volvió a ver esos ojos verde azulados brillantes de entusiasmo por el embarazo, volvió a oír la animada charla de ella acompañándole mientras él engullía en silencio la comida que ella le había preparado.

Dane reconoció que había estado demasiado asustado para decirle a Xanthe la verdad. Volvió a sentir ese agonizante temor, el miedo a otro día de no encontrar trabajo, el miedo a no poder pagar la habitación del motel, el terror de no poder costear los gastos médicos de Xanthe ni hacerse cargo de ella y de su hijo.

Dane metió la cerveza en el frigorífico y echó un trago de champán de la botella.

«Contrólate, Redmond».

Ese chico ya no existía. Él ya no tenía que demostrar nada a nadie. Había trabajado como un esclavo, había estudiado y había conseguido diplomarse en arquitectura marítima y había levantado una empresa millonaria, además de ganar la Copa de América dos veces con sus diseños.

Le sobraba el dinero, no tenía por qué seguir atormentado por el pasado.

Sentado en cubierta, comió lo que Xanthe le había dejado en el plato y miró las estrellas.

Ya no necesitaba el amor de Xanthe, pero su cuerpo era otra cosa. Porque tanto si a Xanthe le gustaba como si no, la atracción mutua era innegable.

# Capítulo 13

A LA MAÑANA siguiente, Xanthe se agarró a la mesa y lanzó una furiosa mirada en dirección a la escotilla mientras el barco se movía de un lado a otro. ¿A qué velocidad iban? Le parecía que estaban volando.

«No te enfades».

Ese había sido su error el día anterior. Provocar a Dane había resultado contraproducente. Debía actuar con cautela.

Xanthe se sirvió una taza de café, que había encontrado recién hecho en la cocina, y se echó leche y azúcar. Aunque no tenía ganas de ver a Dane, no podía permanecer ahí abajo indefinidamente.

El sol se filtraba por los ojos de buey laterales del barco y, al perder la vista en el horizonte, se puso a recordar los días que habían navegado juntos en el pasado, días en los que se había sentido libre y feliz. Por supuesto, en aquellos días había creído que Dane cuidaría de ella, que la quería aunque no se había atrevido a decírselo.

Pero ahora ya no se engañaba a sí misma.

Tiró el resto del café en el fregadero, se recogió el cabello en un moño y decidió salir a cubierta.

Le dio un vuelco el corazón al salir y ver a Dane

de pie manejando la rueda del timón. Navegando, con las largas piernas separadas y manteniendo el equilibrio, sus fuertes manos manejando la rueda del timón y la mirada fija en el horizonte, Dane parecía aún más imponente y... sexy que nunca.

Se le aceleró el pulso, le bajó al vientre y descendió justo al punto al que no quería que descendiera.

–¿Te has cansado de estar enfurruñada, princesa? –preguntó él con voz profunda.

–No estaba enfurruñada –respondió ella en tono burlón–. Estaba tomándome un café y ahora voy a tumbarme a tomar el sol.

Después de una noche en la que apenas había dormido y de oír a Dane moverse en cubierta, había pensado en ofrecerse a ayudarle por la mañana. Necesitaba hacerle firmar los papeles y no le importaba trabajar un poco, pero le había molestado que la llamara «princesa».

Ignorándole, se volvió de cara al viento y dejó que le golpeara las mejillas y el cabello. No se veía ningún barco y el cielo azul hacía brillar la superficie de las aguas de color turquesa. Se pasó la lengua por los labios, que sabían a sol y a sal, y pensó en prepararse un cóctel mimosa en un rato.

¡Qué maravilla era aquello! A pesar del infernal compañero, quizá aquel viaje no acabara siendo una absoluta pesadilla.

Pero al ir a subir a la cubierta, Dane le tiró un chaleco salvavidas a los pies.

–Princesa, nada de baños de sol sin que antes te pongas eso y te sujetes a la barandilla.

–No voy a caerme del barco. No soy una novata –respondió ella al tiempo que se daba la vuelta.

–¿Cuánto tiempo hacía que no navegabas?

–No mucho –mintió Xanthe.

No quería que Dane supiera que no había vuelto a navegar desde su ruptura. Dane podría pensar que su abstinencia tenía que ver con él.

–¿Tanto? ¿Menos de diez años?

El rubor de sus mejillas la traicionó, a pesar de la mirada asesina que le lanzó.

–Eso creía –añadió Dane, haciéndola enfurecer aún más–. Ponte el chaleco o baja ahí dentro.

–No. El mar está tranquilo y no tengo por qué ponerme el chaleco salvavidas –Dane solo quería imponer su voluntad, demostrarle quién mandaba allí–. Me lo pondré si el mar se revuelve. No soy idiota, no tengo ningunas ganas de acabar flotando en medio del Atlántico.

Sobre todo, ahora que no estaba convencida de que Dane la recogiera si se cayera por la borda. Pero se negaba a que él la obligara a algo completamente innecesario solo por darse aires de superioridad.

En vez de responderla, Dane pulsó unos botones y luego se acercó a ella.

Xanthe pegó la espalda a la escotilla para evitar el contacto con él cuando Dane fue a agarrar el chaleco. Al aspirar, olió el aroma de él, mezcla de jabón y brisa marina.

Dane, con el chaleco en la mano, lo balanceó delante de su cara.

–Póntelo ahora mismo.

–No, no voy a ponérmelo –respondió ella tensando la mandíbula–. Tú tampoco lo llevas puesto.

–No es una sugerencia, es una orden. Haz lo que te digo.

–¡Deja de comportarte como un cavernícola!

–Tú lo has querido –declaró Dane tirando la chaqueta.

Al darse cuenta de sus intenciones, Xanthe trató de esquivar a Dane, pero él se agachó y se la echó al hombro.

Xanthe gritó y le golpeó en la espalda con los puños.

–¡Bájame ahora mismo!

Dane le sujetó las piernas para parar sus patadas.

–Como sigas así voy a tirarte por la borda, princesa.

Xanthe dejó de forcejear, aunque no sabía si era por la amenaza o por la turbadora reacción a la fuerza de él mezclada con su olor a jabón, a hombre y a mar.

«Maldito Dane y sus embriagadoras feromonas».

–Cuidado con la cabeza –le dijo Dane al disponerse a bajar al interior del velero.

Cuando por fin la dejó en pie en el salón, la ira le había enrojecido las mejillas.

–¿Has terminado de tratarme como si fuera una niña de dos años?

–¿No quieres que te trate como a una niña de dos años? Pues no te comportes como tal. Si quieres estar en cubierta te pones un chaleco salvavidas.

–Ser más fuerte y más grande que yo no significa que tengas razón –declaró ella con voz fría–. A no ser que me des una razón válida, no voy a ponerme el chaleco. Así que no vas a tener más remedio que estar bajándome aquí constantemente –a pesar de que sentir las manos de Dane en el cuerpo solo iba a incrementar su tormento–. ¡A ver cuánto aguantas!

Se mantuvo en sus trece, sin dejarse acobardar. Aquel enfrentamiento era sintomático del fracaso de su matrimonio. En el pasado, había cedido con excesiva facilidad a las exigencias de él, sin pedirle ninguna explicación. Ese era el motivo por el que las mentiras de su padre habían conseguido separarles.

Dane había amenazado a su empresa y se había negado a escucharla, y todo para darle una lección de sinceridad e integridad. Bien, era ella quien podía darle también alguna que otra lección sobre el respeto a los demás y la capacidad de comunicación.

–Si quieres que me ponga el chaleco salvavidas, explícame por qué necesito llevarlo cuando tú no lo llevas. Después, seré yo quien decida si me lo pongo o no.

Dane lanzó una maldición en voz baja, su frustración era casi palpable.

–Estamos navegando en contra del viento, lo que significa que la navegación es algo impredecible. Yo sé cuándo tengo que sujetarme bien porque lo veo venir. Pero tú, sin chaleco salvavidas, podrías hundirte antes de que me diera tiempo a alcanzarte.

–Pero... –Xanthe abrió la boca y volvió a cerrarla–. ¿Por qué no me has dicho eso desde el principio?

Le vio desviar la mirada y tensar la mandíbula.

¿Por qué siempre le había resultado tan difícil a

Dane dar la menor muestra de preocuparse por alguien? Era algo que nunca había comprendido. Le disgustaba reconocer que seguía afectándole.

–Sabes perfectamente por qué.

Sus ojos se encontraron, la pasión que vio en los de Dane hizo que un sofocante calor se extendiera por su cuerpo.

Dane le puso una mano en la mejilla y, con el pulgar, le acarició los labios.

–Porque cuando estoy contigo no consigo pensar.

–No... –Xanthe se echó hacia atrás bruscamente, desesperada por conseguir que aquella neblina sensual se disipara.

Pero era demasiado tarde, el irresistible olor de Dane la envolvió y saturó sus sentidos. Comenzó a costarle respirar y la excitación la hizo estremecerse.

–Deja de fingir que tú no quieres esto también –dijo Dane observándola con las pupilas dilatadas.

–No... –Xanthe se aclaró la garganta–. No vamos a hacerlo otra vez. No he venido aquí para eso.

Le asustaba que, si hacían el amor, acabara significando más de lo que debiera; al menos, para ella. No podía correr ese riesgo.

–En ese caso, no te acerques a mí –contestó Dane–. Si lo haces, puede que ponga a prueba esa teoría.

Dane se dio la vuelta y volvió a cubierta.

–¡No voy a pasar tres días más encerrada aquí abajo! –gritó ella.

¿Qué importancia tenía que siguiera deseándole? No podía permitirle controlar los términos de aquella negociación. Debía enfrentarse a él y aclarar las cosas de una vez por todas.

–He venido aquí para salvar mi empresa –dijo Xanthe siguiéndole a la cubierta del velero–. Si crees que me voy a cruzar de brazos mientras tú intentas robarme el cincuenta y cinco por ciento de la empresa, estás en un grave error.

Dane volvió la cabeza con expresión furiosa, pero Xanthe notó también una nota de dolor en sus ojos.

–Ni siquiera cuando no tenía donde caerme muerto quería un solo céntimo de tu padre. ¿Por qué demonios crees que voy a querer ahora parte de su empresa? –le espetó Dane.

–En ese caso, ¿por qué me amenazaste con luchar por tu parte de la empresa? –contestó ella.

No tenía de qué avergonzarse. No era ella quien había salido de la habitación del hotel diciendo que iba a meterla en un juicio.

–Yo jamás he dicho que fuera a poner una demanda judicial, eso ha sido una suposición tuya, nada más.

–¿Quieres decir...? –Xanthe se quedó boquiabierta. ¿Había ido hasta allí y estaba en ese velero sin motivo alguno?–. ¿Quieres decir que no vas a querellarte conmigo?

–¿Tú qué crees?

La concesión la debiera haber hecho sentir alivio; sin embargo, sintió una cierta vergüenza de sí misma. Dane siempre había dejado claro que no quería el dinero de su padre, ¿cómo había podido olvidar lo importante que había sido para Dane no aceptar nunca nada que no se hubiera ganado por sí mismo?

–En ese caso, ¿por qué te has negado a firmar los papeles del divorcio? –preguntó ella poniendo freno a su sentimiento de culpabilidad–. ¿Y por qué no los firmas ahora?

–¿Tus falsos papeles del divorcio?

–No son falsos. Solo son una garantía de...

–Olvídalo. No voy a firmar nada que me impida reclamar lo que es mío si se me antoja.

–Lo que dices no tiene sentido, es una contradicción. ¿Por qué no los firmas si no quieres tu participación en la empresa? –preguntó ella.

–No lo sé. ¿Por qué no lo adivinas? –dijo él en tono burlón y con resentimiento.

No tenía por qué adivinarlo; de repente, le resultó obvio. Dane esperaba que ella confiara en él cuando él jamás había confiado en ella.

Era una ironía que la hacía querer gritar de frustración, pero se mordió los labios para evitar acusarle de nada. Además, podría conducirla a hacerse una pregunta que, en el pasado, casi la había destruido: ¿por qué Dane nunca la había creído cuando ella le había dicho que le amaba? Pero se negó a darse golpes contra la pared; sobre todo, ahora que era demasiado tarde.

Sin embargo, cuando Dane le tocó el cabello, se le hizo un nudo en la garganta.

–Dane, para –dijo ella por fin. Una exigencia que había sonado a ruego.

Durante unos segundos, el deseo se apoderó de ella. Debería apartarle de sí. ¿Por qué no podía?

Dane, súbitamente, se separó de ella, se dio media vuelta y la dejó.

Hasta ese momento, Xanthe no había sido consciente del peligro que corría de volverse a enamorar de él. Tampoco había sido consciente de que nunca había dejado de querer comprenderle y conocer los motivos por los que Dane jamás la había amado ni había confiado en ella.

Dane ató un cabo con más fuerza de la necesaria. Volvió a programar el piloto automático. El informe meteorológico había determinado que el tiempo era estable y la navegación iba a ser tranquila.

De tranquila, con Xanthe a bordo, nada.

Había intentado bajar a la princesa de su pedestal, negarle un baño de sol mientras él pilotaba el barco como un lacayo. Al menos, así había sido al principio de la discusión. Pero lo cierto era que había insistido en lo del chaleco salvavidas porque no había sido capaz de controlar la estúpida necesidad de saberla a salvo en todo momento.

Y tan pronto como la había levantado en sus brazos, el deseo de volver a poseerla le había sobrecogido. Entonces, después de que Xanthe hubiera mencionado su maldita empresa, había enfurecido.

Le repugnaba la idea de que Xanthe todavía le afectara.

De ese momento en adelante, se iba a negar a hablar del pasado. No iba a preguntarse por qué Xanthe no había navegado en diez años, a pesar de lo mucho que le había gustado. Tampoco iba a pensar en por qué le disgustaba tanto que ella no se fiara de él.

Su matrimonio había terminado, punto.

Desgraciadamente, estaba excitado sexualmente.

Normalmente, cuando navegaba solo, solía dor-

mir cinco horas al día, a pesar de necesitar desper-
tarse cada veinte minutos para ver si no aparecía otra
embarcación. La noche anterior no había dormido
más de dos horas y todo porque se había puesto a
mirar las estrellas preguntándose lo que podría haber
sido.

Lo único que les unía ahora era el deseo sexual,
nada más. Una atracción animal que no había muerto.

Por lo tanto, lo que debía hacer era mantenerse
apartado de Xanthe hasta estar seguro de poder controlar unas emociones que ella era capaz de provocarle sin intentarlo siquiera.

Dudaba que pudieran pasar tres días más sin acostarse juntos, pero se controlaría hasta que Xanthe
reconociera una cosa:

El sexo era lo único que él podía ofrecerle.

# Capítulo 14

D ANE, ¿PASA algo? –gritó Xanthe para hacerse oír por encima del rugido del viento mientras subía a cubierta y se ataba el arnés a un punto de anclaje.

El velero montó otra ola de dos metros mientras el agua bañaba la cubierta y la lluvia le golpeaba el rostro.

–¡Maldita sea, baja y quédate ahí! –chilló él manejando el timón para evitar otra ola que amenazaba con hacerles volcar.

La borrasca se había precipitado aquella mañana casi sin previo aviso. Dane la había despertado para darle instrucciones y explicarle lo que debían hacer en caso de volcar y tener que recurrir al bote salvavidas. También le había insistido en que tomara pastillas contra el mareo y en que se quedara abajo.

Después de la discusión del día anterior y de que la tensión se prolongara durante el resto de la jornada, el mal tiempo y la clara definición de sus tareas había resultado ser un alivio.

Xanthe había obedecido las órdenes de Dane sin rechistar, a pesar de no haberle gustado que él le hubiera prohibido nada que supusiera un esfuerzo físico. En lo referente a manejar el barco, Dane se ocupaba de ello. Habría sido una estupidez oponerse o distraerle.

Sin embargo, según pasaba el tiempo y la tormenta empeoraba, había empezado a preocuparle y a disgustarle la negativa de él a que le ayudara. Acompañada de truenos y rayos, la borrasca había pasado de fuerza cuatro a fuerza ocho a eso del mediodía; sin embargo, durante todo ese tiempo, Dane había insistido en que continuara dentro del casco del velero.

En vez de discutir con él, lo que solo lograría empeorar la situación, se mantuvo ocupada encargándose de que todos los objetos dentro del velero estuvieran seguros. Y durante todo el tiempo trató de mantener la calma.

Lo peor había pasado hacía una hora. Seguía lloviendo torrencialmente, pero el viento había amainado un poco. Sin embargo, un par de segundos atrás, había oído un golpe y había subido a cubierta, decidida a desobedecer las órdenes de Dane.

Sintió un inmenso alivio al verle de pie al timón y las velas intactas. Pero su alivio duró poco.

Con el rostro desencajado y empapado, los movimientos erráticos y faltos de coordinación, Dane parecía completamente exhausto. Y ella se maldijo a sí misma por esperar tanto para insistir en ayudarle.

Dane llevaba al timón más de cinco horas y no había dormido más de veinte minutos seguidos desde hacía dos días.

Aunque habían pasado ya diez años desde la última vez, Xanthe había sido competente manejando un velero, había aprendido de un maestro. Debía re-

levarle al timón. El oleaje había amainado, la visibi-
lidad era mejor y el cielo parecía despejarse en el
horizonte.

–Dane, por favor, deja que lleve el timón. Necesitas dormir.

–¡Vuelve abajo, maldita sea!

Fue entonces cuando vio un fino reguero de sangre corriéndole por la mejilla y un profundo temor se
apoderó de ella.

–¡Dane, estás sangrando!

–Estoy bien –respondió Dane pasándose el brazo
por la frente.

–Esto es una locura –dijo ella desesperadamente–.
Por favor, déjame, puedo hacerlo. Tienes que de-
jarme.

Le vio temblar y, de repente, se dio cuenta de lo
poco que a Dane le faltaba para desplomarse de cansancio.

–El mar todavía está demasiado revuelto. Aquí
fuera no estás a salvo –dijo él con voz espesa por el
cansancio.

–Está mucho más tranquilo que antes –insistió
Xanthe–. Al menos, déjame mientras bajas a curarte
el corte que te has hecho.

Y Xanthe no pudo evitar que unas lágrimas aflo-
raran a sus ojos.

–¿En serio crees que puedes?

Ella asintió y se acercó al timón.

Dane se colocó a sus espaldas, protegiéndola de la
lluvia.

–¡Vamos, baja, lo tengo todo bajo control!

–No tardaré mucho. Ve en esa dirección, ahí donde

está despejado el cielo. Y evita ir en contra de las olas.

–Lo haré –respondió ella concentrándose en el manejo de la rueda del timón–. Tómate el tiempo que necesites.

Dane no quería dejar a Xanthe a solas al timón mucho tiempo. Siempre se le había dado bien navegar y la veía capacitada para ello, pero se sentía responsable de ella mientras estuviera a bordo y no quería que le ocurriera nada.

No obstante, estaba agotado y sabía que debía dormir.

Media hora, eso era todo lo que necesitaba. Después, estaría capacitado para volver a navegar...

Dane se despertó con un sobresalto. La cabina estaba a oscuras y el barco se movía suavemente.

«Xanthe...».

Se sentó en la cama y sintió dolor en la frente, en el sitio donde se había dado un golpe con el candelero del barco. Lanzó una maldición. ¿Cuánto tiempo llevaba durmiendo? Se le había olvidado poner el despertador antes de tumbarse en su cama. Miró hacia arriba y vio que era de noche. Entonces, notó la manta que le cubría.

No se había tapado con una manta al acostarse.

Una intensa emoción se le agarró a la garganta mientras apartaba la manta.

¿Seguía Xanthe al timón en su lugar?

Ignorando el dolor de la frente, se puso unos pantalones y un jersey y salió al salón. Allí, vio que todo estaba recogido y que el agua que había caído por la escotilla había sido recogida con una fregona. Su ropa mojada colgaba de una cuerda, tiesa por la sal, pero seca.

La brisa nocturna le erizó la piel al salir a cubierta. Xanthe no estaba al timón. El piloto automático estaba encendido y ella estaba tumbada en uno de los cofres con el arnés sujeto a la barandilla y en la mano un despertador.

El corazón le dio tal vuelco que temió fuera a romperle alguna costilla.

Miró al horizonte y vio la línea roja de un incipiente amanecer caribeño. Luchó por contener la emoción que se le agarró al pecho.

Xanthe había navegado durante la última parte de la tormenta y había mantenido la vigilancia mientras él dormía. ¿Cómo podía una persona de aspecto tan delicado y frágil ser tan fuerte por dentro? ¿Y qué iba a hacer él con unos sentimientos que le estaban doblando las piernas en ese momento? Unos sentimientos que había creído haber conquistado años atrás.

Sintió deseo, posesividad y una profunda nostalgia.

Hacía mucho tiempo se había convencido a sí mismo de que Xanthe nunca le había pertenecido realmente, que lo que había sentido por ella había sido un espejismo debido a las hormonas y a la desesperación. No quería volver a ser un niño necesitado de amor. ¿Por qué le asaltaban esos sentimientos en ese momento?

Se agachó, se puso en cuclillas y trató de contener esas traicioneras emociones.

Todavía estaba cansado, eso era lo que le ocurría. Y también en un estado de excitación sexual casi permanente debido a llevar días en medio del mar con una mujer a la que no era capaz de resistirse. Y, para colmo de males, se había desatado la tormenta.

Dane apartó un mechón de pelo mojado que Xanthe tenía pegado a la frente.

–¿Umm...? –murmuró Xanthe. Después, abrió los ojos y se lamió los labios–. ¿Dane?

La sangre le bajó a la entrepierna y se alegró. El sexo siempre había sido lo único fácil entre los dos.

–Hola, dormilona –dijo Dane con afecto y admiración. Xanthe había hecho un buen trabajo.

Le desató el arnés y la levantó en sus brazos con facilidad.

–Vamos abajo. Ahora ya me encargaré yo del barco –como debería haber hecho desde hacía doce horas aproximadamente.

Se dio cuenta de lo aturdida que Xanthe estaba cuando vio que no protestaba mientras bajaba los escalones que daban al salón y la llevaba a su propia cabina.

Quería que Xanthe estuviera en su cama mientras él se hacía cargo del barco. Tendrían que echar el ancla y pasar la noche frente a la costa, amarrarían en el embarcadero a la mañana siguiente. No obstante, tenía la intención de no tocarla durante el resto del viaje, aunque le costara un esfuerzo ímprobo.

Entonces, firmaría los papeles del divorcio.

Y la dejaría marchar.

Antes de que la situación escapara a todo control.

Sentó a Xanthe en la cama y se agachó para quitarle la chaqueta. Ella le dejó hacer con docilidad, sin rechistar. La camiseta se le había pegado al cuerpo, los duros pezones se insinuaban por debajo del fino tejido.

Dane apretó los dientes e ignoró las pulsaciones de su miembro. El deseo de chupar esos dos pezones fue sobrecogedor.

—¿Qué tal tu cabeza? —murmuró ella adormilada.

Alzó el rostro y la sorprendió mirándole con ojos oscurecidos por el deseo.

—Bien —respondió él con voz forzada.

Xanthe necesitaba quitarse la ropa mojada y darse una ducha caliente. Pero si la ayudaba perdería la cabeza y se aprovecharía de ella.

—¿Puedes arreglártelas tú sola ya?

Dane se sacó el reloj del bolsillo posterior de los pantalones. Le quedaban quince minutos hasta tener que volver a salir para vigilar.

—Debería volver a cubierta —dijo Dane, albergando la esperanza de que ella no notara su erección debajo de la bragueta.

Porque sabía que, de lo contrario, quizá ya no pudiera dejarla marchar.

El sueño y el agotamiento le impedían pensar con claridad. Delante tenía a Dane, de pie, la personificación de un sueño erótico que había perturbado su sueño durante días. Fuerte e inflexible. La cruda belleza de su piel, de sus anchos hombros y la pasión que veía en sus ojos azules le irguieron los pezones.

El cuerpo entero le tembló.

Le oyó lanzar una maldición antes de verle subirse a la cama y sacarle la camiseta por la cabeza. Después la despojó del resto de la ropa.

Le pesaban los brazos y las piernas, la piel le temblaba mientras él la acariciaba con exquisita ternura, hundiéndola en el erótico sueño.

–Red, estás helada... vamos a calentarte un poco.

Se encontró de nuevo en los fuertes brazos de Dane, flotando. No tenía frío. Se sentía en la gloria ahora que el deseo se había apoderado de todo su ser.

Chorros de agua caliente la cubrieron mientras él le masajeaba la cabeza. Respiró el vapor de agua con aroma a cedro y limón. Su cuerpo cobró vida mientras él la secaba con una suave toalla. Se sintió limpia, fresca y... más excitada.

De vuelta en la cama, clavó los ojos en el rostro de Dane en medio de la oscuridad, su expresión mostraba la misma pasión que ella sentía.

Se apoyó en un codo para incorporarse y pasó un dedo por el desnudo pecho de Dane, movió el dedo hacia abajo, hasta el ombligo.

Le oyó tomar aire, un sonido tanto de advertencia como de provocación. Le acarició el bulto de debajo de los pantalones y lo sintió crecer.

Dane le agarró la mano y se la apartó con suavidad.

–Red, me estás matando –murmuró Dane en tono agonizante.

Xanthe levantó la cabeza y el anhelo que vio en los ojos azules de Dane era el mismo que a ella se le había agarrado al vientre.

–Quédate conmigo –susurró Xanthe con una voz

que apenas reconoció como suya. Una voz segura, desinhibida–. Te necesito.

Su vocecita interior le dijo que no debía desearle tanto. Pero se trataba solo de un sueño, un sueño lejano. Y, en ese momento, lo único que importaba era satisfacer ese deseo que le estaba impidiendo respirar y que se le había clavado en el vientre como un cuchillo.

–Nunca ha habido ningún otro, solo tú –dijo ella–. No me obligues a suplicar.

Los ojos se le llenaron de lágrimas, lágrimas de dolor y tristeza por todos aquellos sueños que, forzosamente, se había obligado a rechazar, como había rechazado la posibilidad de una vida con él.

Pero quería sentir ese glorioso abandono una vez más.

–Shh... shh, Red... –Dane le puso las manos en el rostro y le secó las lágrimas–. Vamos, túmbate, te daré lo que necesitas.

Xanthe volvió a tumbarse, pero se arqueó al sentir la lengua y los labios de Dane en los pezones. La excitación le bajó a la entrepierna con brutalidad, haciéndola olvidar todo lo que no fuera ese momento, él.

Su sexo se tornó líquido cuando Dane le separó los pliegues. Los pulmones se le contrajeron cuando una fiera oleada de éxtasis conquistó la agonía de la pérdida.

Xanthe se agitó y gritó mientras él le besaba el vientre y le lamía el ombligo al tiempo que encontraba el centro de su placer.

El mundo dejó de existir para ella, solo podía sentir la necesidad de que Dane volviera a llenarla.

Los largos dedos de él juguetearon dentro de ella, el clítoris le latía bajo aquel tormento sensual. La oleada de éxtasis llegó al punto álgido, llevándola a ese estado de ardiente y oscuro olvido que había anhelado.

—Ahora, duérmete.

La ronca orden la hizo sentirse a salvo y querida.

Dane le puso una mano en el rostro y ella se la besó. El tierno gesto hizo que más lágrimas volvieran a escapar de sus ojos cerrados. Una manta la cubrió y se acurrucó debajo.

Y se sumió en un profundo y tranquilo sueño.

# Capítulo 15

ES ESO Nassau? –gritó Xanthe con la esperanza de que el rubor de su rostro no fuera tan brillante como las luces que veía al fondo de la bahía, que debían de pertenecer a la capital de las Bahamas.

Un caleidoscopio de rojos y naranjas pintaba un cielo en el que el sol se estaba ocultando tras las siluetas de unas palmeras y unas coloridas cabañas en la playa.

Había pasado el día durmiendo. Se sentía ágil, descansada y rejuvenecida. Desgraciadamente, le preocupaba el recuerdo de retazos de conversación antes del amanecer, cuando Dane había ido a buscarla a cubierta.

¿En serio le había suplicado que le provocara un orgasmo?

Sí, eso había hecho.

Y también había confesado que había sido el único hombre con el que se había acostado.

¿Cómo iba a salir airosa de eso y con la dignidad intacta? Sobre todo, teniendo en cuenta que todavía podía sentir las caricias de la lengua de él en el clítoris.

Dane dejó lo que estaba haciendo con la jarcia de la embarcación y se acercó a ella con paso seguro.

–Sí, el puerto deportivo está en la isla Paraíso. Pero vamos a quedarnos aquí anclados hasta mañana. Es demasiado peligroso entrar en el puerto cuando ya ha anochecido.

Su rubor se tornó radioactivo al mirarle a los ojos.

–¿Has dormido bien?

–Sí... gracias –como un leño, durante doce horas seguidas.

En ese momento, le asaltó el recuerdo de Dane lavándole la cabeza y secándola con la toalla.

–De nada –respondió él–. Y gracias por haberte encargado de la navegación mientras yo descansaba.

Le temblaron las piernas y se le hizo un nudo en la garganta al pensar en el mimo con que él la había tratado.

¿Por qué se estaba engañando a sí misma? Ya no se trataba solo de sexo; al menos, en lo que a ella concernía. Un profundo temor se apoderó de ella. Se estaba enamorando de Dane otra vez y no parecía capaz de evitarlo.

Dane paseó la mirada por el rubor que ahora le quemaba el rostro.

–¿Te pasa algo? –preguntó él.

Xanthe se aclaró la garganta. Perder terreno nunca había sido la respuesta con Dane, lo sabía. Mostrarse tímida o avergonzada sería equivalente a un suicidio.

Dane la había dejado sintiéndose frágil, vulnerable y asustada. Por supuesto, no lo había hecho intencionadamente ya que el amor no entraba en sus planes. Debía darle la vuelta a la situación, hacerle creer que el sexo era lo único que compartían. De lo contrario, Dane se daría cuenta de lo mucho que había significado para ella lo ocurrido la noche anterior.

—Sí. Y tiene que ver con tu altruismo sexual.

Dane arqueó las cejas.

—¿Y cómo es que eso es un problema? —respondió él con evidente sarcasmo.

Le había enfadado. Bien.

—No es un problema exactamente, pero habría preferido que no hubiera ocurrido. No necesitaba que me provocaras un orgasmo solo por darte pena.

—¿Por darme... pena? —a Dane se le atragantaron aquellas palabras—. ¿Por qué demonios dices eso?

—No era mi intención que te apiadaras de mí. Cuando dije que quería hacer el amor contigo, me refería a darnos placer mutuamente.

Dane no comprendía a qué venía eso. Le había dado a Xanthe lo único que era capaz de darle sin complicar más las cosas. ¿Y ahora Xanthe le decía que no había querido eso?

—Estabas agotada y apenas te tenías en pie —le espetó él—. Habías pasado horas haciendo mi trabajo mientras yo dormía. Necesitabas dormir.

—¿Y por eso decidiste ayudarme a que me durmiera? —dijo ella con las mejillas encarnadas—. Bien, muchas gracias. La próxima vez que padezca de insomnio te llamaré.

—Eres una desagradecida.

Le sobrecogió una profunda cólera. Había deseado que Xanthe se disolviera en sus brazos, que gimiera de placer y susurrara su nombre una y otra vez. Pero la había visto agotada y sensible. Y le había golpeado el corazón al decirle que había sido el único hombre en su vida.

Por fin, al asimilar que había sido el único con el que se había acostado, había sentido una profunda emoción y, al mismo tiempo, terror; Orgullo, sentido de la posesión y miedo de necesitarla demasiado. Todo ello le había hecho revivir los terrores de la niñez. Por eso se había contenido, por eso le había dado a Xanthe lo que ella necesitaba sin querer privándose de lo que también él quería.

Pero ahora Xanthe le estaba diciendo que lo que le había dado no era suficiente.

—¿Desagradecida? —le espetó ella—. ¿Es que no lo entiendes? No quiero estarte agradecida, no quiero ser motivo de tu compasión. Quiero ser tu igual, tanto en la cama como fuera de la cama.

Dane la agarró por los brazos y tiró de ella hacia sí.

—¿Quieres participar esta vez? No tengo ningún problema con eso.

Xanthe hundió los dedos en sus cabellos y le acercó la cara a la suya, sus bocas se encontraban a un suspiro de distancia. El deseo hacía que el verde musgo de sus ojos se hubiera tornado en un ardiente esmeralda.

—Estupendo, yo tampoco —respondió ella antes de besarle.

Fue un beso salvaje y loco. La pasión les consumía a ambos cuando él la levantó en sus brazos.

No podía hacerla suya, pero se aseguraría de que Xanthe jamás pudiera olvidarle.

Por fin desnudos, la piel de él cálida y firme contra la suya, Dane le cubrió el sexo con una mano y le acarició con los dedos el centro del placer. Ella dio un respingo en la cama, las caricias de Dane le encendían la carne; sabía cómo tocarla, cómo llevarla a la cima del placer. Los labios de él capturaron uno de sus pezones y se lo chupó.

Xanthe gimió al alcanzar el clímax, pero no fue suficiente.

—Te necesito dentro —suplicó ella, desesperada por olvidar el doloroso vacío que llevaba atormentándola tanto tiempo.

Dane se incorporó, la agarró por las caderas y se colocó para penetrarla. Pero, justo cuando iba a hacerlo, se detuvo. Después, bajó la cabeza, apoyó la frente en la suya y lanzó un juramento.

—No tengo preservativos. No he venido preparado porque se suponía que iba a viajar solo.

Se miraron a los ojos y vio reflejada su brutal excitación en las azules profundidades de los de él.

—No te preocupes, no voy a quedarme embarazada.

—¿Estás tomando la píldora?

La suposición de Dane abrió viejas heridas. Contuvo las ganas de decirle la verdad, de contarle lo mucho que le había costado su amor.

«No se lo digas, no puedes hacerlo».

–Sí –mintió Xanthe.

Dane lanzó un gruñido de alivio y la besó. Después, la penetró.

Xanthe arqueó la espalda, la sensación de plenitud fue sobrecogedora. Él comenzó a moverse dentro de ella a un ritmo devastador.

–Vamos, Red, quiero verte alcanzar un orgasmo otra vez. Vamos, hazlo por mí.

El tono posesivo de Dane, la desesperación que oyó en sus palabras, le asustó. En el pasado, se había entregado a él por entero, no podía volver a hacerlo.

–No puedo.

–Sí, claro que puedes.

Dane le acarició el clítoris con el pulgar, hinchándoselo. Y las perfectas caricias volvieron a llevarla al borde del orgasmo con vertiginosa rapidez. La euforia disipó sus miedos. Se miraron a los ojos y la intensidad que vio en los de él le llegó al alma.

Xanthe se agarró a los hombros de Dane y, al sentir la tensión de sus músculos, una profunda emoción la envolvió.

Los espasmos de placer la sacudieron al alcanzar el clímax y, al instante, oyó gritar a Dane al vaciarse dentro de ella.

Cuando recuperó el ritmo normal de la respiración, la gloriosa sensación de satisfacción fue sustituida por una emoción que no quería sentir.

Dane, aún dentro de ella, se incorporó, apoyándose en un codo, y le acarició la frente.

–¿Te pasa algo? –preguntó él.

Dane le pasó la mano por la mejilla y ella apartó el rostro, el tierno gesto amenazaba con hacerla llorar.

Para Dane, aquello era solo sexo. Siempre había sido así.

–No, nada en absoluto. Deja que vaya a lavarme.

Dane salió de su cuerpo sin protestar. Pero, cuando ella fue a levantarse de la cama, Dane le agarró una muñeca, impidiéndoselo.

–Xan, no.

–¿No, qué? –preguntó Xanthe volviendo la cabeza.

–No huyas.

Dane la obligó a tumbarse otra vez y le rodeó los hombros con un brazo. Después, volvió a acariciarle las mejillas.

–Dime, ¿por qué no ha habido otro hombre en tu vida?

–Ojalá no te lo hubiera dicho –contestó Xanthe con un suspiro–. Olvídalo.

–No –le susurró él junto a su cabello–. Si te sirve de consuelo, te diré que tampoco ha habido nadie importante en mi vida.

Xanthe se negó a albergar falsas esperanzas.

–Supongo que los dos hemos estado demasiado ocupados.

–Supongo que sí –respondió él–. Dime, ¿a qué se debe esa cicatriz que tienes debajo del ombligo?

Xanthe se quedó inmóvil, incapaz de pronunciar palabra, incapaz de contener las lágrimas.

–¿Por el aborto?
Ella asintió.

A Dane le latió el corazón con fuerza. Notó la tensión de Xanthe en todo su cuerpo. Sabía que abortar debía de haber sido terrible para ella y no había sido su intención sacar el tema. Pero la pregunta se le había escapado y necesitaba ofrecerle consuelo de una forma u otra. Y, por primera vez, la ira que sentía hacia su padre no era nada comparada con lo enfadado que estaba consigo mismo.

Era él quien un día diez años atrás había salido furioso de la habitación del motel y no se había puesto en contacto con Xanthe durante varios días.

–¿No quieres hablar de ello? –preguntó Dane en un ronco susurro.

Xanthe se aclaró la garganta y contestó:

–Tengo una cicatriz porque tuvieron que operarme. Estaba sangrando mucho y...

Dane la abrazó con ternura.

–Lo siento, Red. No debí insistir en que te casaras conmigo, no debí llevarte a ese maldito motel. Era una pocilga. No te habría pasado nada si hubieras estado en casa de tu padre...

Xanthe escapó de su abrazo y le selló los labios con un dedo.

–¡No sigas! –exclamó Xanthe con las lágrimas resbalándole por las mejillas–. Eso no es verdad. Me habría pasado de cualquier modo. Yo solo quería estar contigo.

–De todos modos, tu padre tenía razón respecto a mí –dijo él.

–¿A qué te refieres?

–Una vez me dijo que yo era una rata de muelle. Y yo era justo eso.

Había hecho un gran esfuerzo por pronunciar esas palabras e intentó sentir alivio al haber reconocido la verdad por fin. Una verdad que había querido ocultar a Xanthe todos esos años atrás.

–Me crie en un remolque en un lugar que distaba poco de ser un basurero. Mi padre era un alcohólico que disfrutaba pegándome. Como escape y para librarme de las palizas que me daba, solía refugiarme en el puerto deportivo. Lo hice hasta que tuve la edad y la fuerza para devolverle los golpes.

Aunque revelar la verdad de quién era y de dónde venía jamás podría remediar las equivocaciones que había cometido, al menos serviría para demostrar a Xanthe lo mucho que lo sentía y lo arrepentido que estaba del daño que le había causado.

Xanthe agarró con fuerza la sábana que le cubría los pechos mientras intentaba asimilar lo que Dane le había contado. Por fin sabía que era el padre de Dane quien le había causado todas esas cicatrices en la espalda.

¿Cómo podía haber estado tan equivocada? ¿Cómo había podido creer que el hecho de que Dane se hubiera negado a hablar de sí mismo se debía a su arrogancia, orgullo e indiferencia?

–Siento que tu padre te tratara así, Dane –dijo ella con profundo sentimiento–. Y mi padre te llamó rata de muelle porque era un esnob.

–Tu padre te quería, Xan, y quería protegerte.

–Te equivocas, Dane. Mi padre no me quería, me consideraba propiedad suya, nada más. Yo era una de sus inversiones, la hija que iba a casarse con el hombre que él eligiera y en quien él pudiera delegar el mando de la empresa –contestó ella con amargura–. El motivo por el que mi padre te odiaba era porque yo me había enamorado de ti, de un hombre que no quería nada de él, de un hombre que no quería ni un céntimo de su fortuna.

Dane le cubrió una mejilla con la mano.

–Supongo que no hemos tenido suerte con nuestros padres.

Xanthe lanzó una carcajada acompañada de más lágrimas.

–Íbamos a tener un niño, Dane. Era niño –dijo ella, decidida a hablar del pasado porque no tenían futuro.

–¿En serio?

–Sí.

–Me alegro de que me lo hayas dicho, Red. Y, por favor, no llores. Ya ha pasado.

# Capítulo 16

A LA MAÑANA siguiente, cuando Xanthe salió a cubierta después de levantarse y tomarse un café, encontró a Dane en el muelle hablando con un joven con pantalones cortos y gorra de visera. Le dio un vuelco el corazón nada más verle.

Dane se había afeitado, el delicioso hoyuelo de su barbilla le hizo recordar cómo se lo había lamido la noche anterior.

–Buenos días.

–Hola.

Dane volvió a subirse al barco, el ardor que vio en sus ojos la dejó casi mareada.

–Debería volver hoy a casa –dijo Xanthe con toda la indiferencia de la que fue capaz. Y contuvo la respiración–. Miraré a ver si hay vuelos desde Nassau.

–¿Por qué no te quedas un día más? –dijo él por fin–. He reservado una suite en el Paradise Resort. Mañana yo también tengo que volver a Nueva York.

–¿Para qué?

–Podría enseñarte la ciudad, Nassau tiene mucho atractivo.

–No tengo ropa para salir –dijo Xanthe, aún considerando sus opciones.

–No vas a necesitarla –Dane le hizo una sensual promesa con su sonrisa–. No he dicho en serio lo de visitar la ciudad. Lo más seguro es que no salgamos de la habitación del hotel.

Xanthe se echó a reír, el brillo travieso de los ojos de Dane alivió la tensión.

–¿Qué vas a hacer con el barco una vez que estés en Nueva York?

Dane indicó al joven con el que había estado hablando y que seguía en el muelle.

–Joe lo va a llevar a Boston –respondió Dane–. Bueno, Red, ¿qué dices? ¿Vas a quedarte hasta mañana? Di que sí, sabes que quieres hacerlo.

–Sí –susurró ella.

Al instante, los labios de Dane cubrieron los suyos y la excitación se impuso a un súbito y tonto optimismo respecto a su futuro.

–No vayas tan deprisa, Dane. Estoy tan llena que me da miedo que me revienten las costuras del vestido –dijo Xanthe andando por las calles de Nassau de la mano de Dane.

–¿Y desde cuándo es un problema que te revienten las costuras del vestido? –preguntó Dane mirando la prenda que ella había elegido entre las muchas que él había hecho que enviaran a la suite del hotel.

–Lo es en medio de la calle.

El día había sido una auténtica revelación. Al ver el nivel de lujo que Dane se podía permitir en la vida, se había dado cuenta de lo lejos que él había llegado. Siempre había mostrado tenacidad y decisión, pero era admirable lo duro que había trabajado para dejar atrás al chico que se había criado en la miseria.

No debería haberle sorprendido el lujo del hotel de cinco estrellas en la isla Paraíso ni el espléndido bungalow en una playa privada de arena blanca ni la motora que el mismo Dane había pilotado para ir a Nassau; sobre todo, después de haber visto el ático de él en Manhattan.

Por otra parte, el magnetismo animal de Dane no había disminuido bajo el barniz de riqueza y sofisticación. Incluso el elegante esmoquin que llevaba no hacía más que resaltar su profunda virilidad. La chaqueta del traje marcaba sus anchos hombros mientras la conducía de vuelta al muelle donde había dejado la lancha.

–Siempre he pensado que la ropa tiene menos importancia de la que se le da –declaró él–. Sobre todo, en lo que a ti respecta.

Dane se quitó la chaqueta y la tiró al asiento posterior de la lancha. Después, se deshizo de la corbata y se la metió en el bolsillo de los pantalones.

–El restaurante no me ha gustado mucho –declaró Dane.

–¿No te ha gustado la cena? –preguntó ella con incredulidad.

–Sí, la cena ha sido estupenda. Lo que no me ha gustado es el ambiente, todo el mundo era demasiado estirado.

Dane le sonrió y, al cabo de unos segundos, puso en marcha la lancha motora en dirección a isla Paraíso.


Dane abrió la primera puerta que vio, el cuarto de baño de la suite. Puso a Xanthe contra la pared y se llenó las manos con sus pechos. La chupó por encima de la seda del vestido y lanzó un gruñido al descubrir que Xanthe no llevaba sujetador.

Xanthe, respondiendo al instante, se frotó contra su cuerpo mientras él le bajaba los tirantes del vestido y le liberaba los senos.

Xanthe le tocó el miembro, pero él le apartó la mano.

—Desabróchate el vestido —dijo Dane mientras se quitaba la camisa.

—No obedezco órdenes —respondió ella con una mezcla de indignación y pasión.

—Quítate el vestido si no quieres que te lo arranque.

Xanthe se bajó la prenda y se quedó con las bragas de encaje que él adoraba. Entonces, la agarró por las nalgas, apartó de un manotazo los artículos de tocador de ella y la sentó sobre la encimera del lavabo. La bolsa de aseo cayó al suelo y todo lo que había dentro se desparramó por el suelo.

Sintió una mezcla de deseo, dolor y posesión. Una mezcla que le había torturado años atrás.

La despojó de las bragas y le metió los dedos hasta dentro.

Xanthe jadeó y se aferró a sus hombros. Él acarició esos pliegues húmedos, sabía cómo y dónde tocarla para producirle el orgasmo. Al verla alcanzar el clímax, una profunda emoción le embargó. Sintió miedo y euforia, y su erección aumentó.

—¿Lista para que te penetre? —preguntó él con un ardor irresistible.

Ella asintió y él la llenó por completo.

Sí. Si esa era la única forma de poseerla, de hacerla suya, iba a demostrarle lo que ningún otro hombre podía darle.

Se movió dentro de ella con dureza y a fondo. Lanzó un grito cuando ella, entre gemidos, tuvo otro orgasmo. Entonces, liberó su semilla en el ardiente cuerpo de Xanthe.

El antojo de hacerla concebir otra vez era una locura, lo sabía. La misma locura que diez años atrás.

Por fin, cuando comenzó a calmarse, la realidad se impuso. La había poseído como un animal. Debería haberse controlado, no quería que Xanthe supiera lo mucho que la necesitaba.

–¿Te he hecho daño? –preguntó al salir de ella.

–No, estoy bien –respondió Xanthe temblando.

Dane forzó una sonrisa y abrió el grifo de la ducha.

–Vamos a limpiarnos.

La llevó a la ducha con él. Pero mientras le lavaba el pelo, el deseo de abrazarla, de poseerla, de hacerla quedarse con él volvió a sobrecogerle.

Y el miedo visceral que nunca había logrado conquistar le dejó helado.

–¿Va todo bien?

Xanthe siguió a Dane con la mirada mientras él salía de la ducha y agarraba una toalla. El súbito distanciamiento de Dane fue un duro golpe para ella.

–Sí, claro –respondió Dane atándose la toalla a la cintura. Después, se agachó para recoger los artículos de aseo.

Pero no la había mirado a los ojos al responder.

Apenas unos momentos atrás, Dane la había poseído con una pasión desbordante; pero la felicidad que la había hecho sentir, se acababa de desvanecer al verle de repente tan distante y sin motivo aparente.

Xanthe cerró el grifo de la ducha y se cubrió con una toalla. Se sentía vulnerable y necesitada de cariño.

¿Tanto se había equivocado al interpretar el comportamiento de Dane aquel día como una señal de que podía haber algo más entre los dos?

—No te preocupes, deja que yo lo recoja.

—No, los he tirado yo —contestó Dane mientras colocaba el neceser sobre la encimera y terminaba de recoger.

El tono impersonal empleado por Dane la hizo temblar.

—¿Dónde están las píldoras anticonceptivas?

—¿Qué?

—Tus anticonceptivos. Me has dicho que estabas tomando la píldora. No las veo aquí.

La ansiedad se le agarró al estómago, arrebatándole los últimos vestigios de placer.

—No estoy tomando la píldora.

—Entonces, ¿qué anticonceptivo estás usando? —preguntó él arrugando el ceño, obviamente confuso.

—Ninguno.

Dane se acercó a ella y la agarró por los brazos.

—¿Qué demonios...? ¿A qué estás jugando? ¿Te has vuelto loca? Podría dejarte embarazada otra vez.

Xanthe se zafó de él, la acusación que vio en sus ojos le partió el corazón. ¿Por qué había cometido el error de revelarle su secreto?

–No voy a quedarme embarazada, no puedo.

Xanthe echó a andar, necesitaba alejarse de él. Tenía que vestirse y marcharse de allí.

–Espera, ¿qué es lo que estás diciendo? –Dane salió del baño tras ella, la agarró y la obligó a darse la vuelta.

–Suéltame. Quiero irme.

Trató de soltarse de él, pero Dane no se lo permitió.

–Tienes que decírmelo.

–Ya te lo he dicho, no puedo quedarme embarazada.

–¿Por qué no puedes?

–¿Qué derecho tienes a preguntarme eso?

–Maldita sea, Red, dime por qué no puedes quedarte embarazada. Quiero saberlo.

–Porque soy estéril. Porque esperé demasiado tiempo en la habitación del motel y ya era tarde cuando llamé a mi padre. Estaba segura de que vendrías a por mí. Estaba sangrando. Tuve una infección. ¿Lo entiendes ahora?

Xanthe se dirigió a la zona de estar de la suite.

–Necesito irme. Debería haberlo hecho ayer.

Esa vez, una voluntad de hierro la hizo contener las lágrimas. Compasión, responsabilidad, sexo... eso era todo lo que Dane estaba dispuesto a dar. Ahora lo veía claramente.

–¿Por qué no me lo dijiste? –preguntó él con voz tensa.

–Porque pasó hace mucho tiempo –contestó ella.

Xanthe se vistió mientras él la observaba, pero sin acercársele. Ahora ya era más fuerte, podía superar aquello. Iba a resistir el poder que Dane tenía sobre ella.

Después de meter lo poco que tenía en la maleta, se volvió y le miró.

Dane estaba al lado de la puerta, cubierto solo con la toalla alrededor de la cintura. Su expresión era indescifrable.

—¿Sabes lo que es realmente una estupidez? —dijo Xanthe—. Durante un momento he llegado a pensar que lo nuestro podría funcionar. Que, de alguna manera, lograríamos superar las equivocaciones del pasado y conseguir estar juntos.

—¿Qué?

Le vio tan perplejo que llegó a dudar de sí misma, pero solo durante unos instantes. No, era un sueño imposible, siempre lo había sido.

—Como ya he dicho, es una estupidez.

—Maldita sea, Red. Lo siento. No era mi intención hacerte daño.

Dane se acercó a ella y alzó una mano, pero Xanthe dio un paso atrás. Le vio confuso, apenado, incluso triste... Pero contuvo el traicionero deseo de creer que todavía podían volver a estar juntos.

Xanthe sacó los papeles de la cartera.

—Esperabas que me fiara de ti, Dane, y te enfadaste cuando creíste que no era así —Xanthe dejó los papeles encima de la mesa de centro—. La verdad es que... siempre me he fiado de ti y... creo que seguiré haciéndolo a pesar de todo. Porque jamás he dejado de quererte. Eso es lo irónico del asunto, que tú nunca confiaste en mí.

Dane tensó la mandíbula. Su mirada era triste. Pero no intentó detenerla cuando salió por la puerta.

Caminó con la espalda recta hasta que entró en el

taxi camino del aeropuerto. Una vez dentro, se vino abajo y los sollozos le sacudieron el cuerpo.

–¿Le ocurre algo, señora? –le preguntó el taxista.

–No, nada, no se preocupe –murmuró ella con las lágrimas resbalándole por las mejillas.

Se le pasaría. Con el tiempo. Igual que diez años atrás. Dane era su pasado, un doloroso pasado.

Una vez que estuviera de vuelta en el Reino Unido, en su hogar, haciendo lo que le gustaba, se encontraría bien.

Pero durante el trayecto al muelle para tomar un barco a Nassau, ni siquiera la promesa de jornadas laborales de quince horas y su lujoso apartamento con vistas al Támesis lograron llenar el vacío y la soledad que sentía por la pérdida de algo que solo había sido real en su romántica imaginación.

# Capítulo 17

**B**ILL DICE que están listos para firmar el contrato con Calhoun. Ha examinado los papeles y dice que todo está bien.

–Estupendo. Gracias, Angela –murmuró Xanthe mientras contemplaba el pequeño barco de recreo deslizándose sobre el Támesis.

La superficie de las aguas del río brillaba bajo el sol de julio, recordándole...

–¿Se encuentra bien, señorita Carmichael?

Xanthe se dio la vuelta, apartando la mirada de los ventanales de su despacho en las oficinas de Whitehall, y sorprendió a su secretaria mirándola con la misma preocupación con que llevaba observándola desde hacía dos semanas. Desde su regreso de las Bahamas.

«Céntrate en el trabajo».

–Sí, claro –Xanthe volvió a su escritorio.

No, no se encontraba bien. No dormía, apenas comía y se sentía cansada física y mentalmente.

Quizá se debiera a estar trabajando demasiado. Después de... Después del turbulento viaje por el Caribe, se había volcado en el trabajo. Necesitaba estar ocupada, sentirse útil, tener la sensación de que su vida tenía sentido... Todas las cosas que le faltaban desde enamorarse de Dane Redmond por primera vez.

Pero el trabajo ya no era el remedio para todo.

Echaba de menos a Dane, no solo por su cuerpo y por el placer que le daba. Echaba de menos su energía, su carisma, su fuerza de voluntad, incluso esa arrogancia que había creído odiar en él. Sentía nostalgia incluso de sus discusiones, lo que no tenía sentido.

El viaje entero había durado cinco días. Su vida no podía cambiar en cinco días, no podía ser. Superaría ese bajón, no tenía alternativa.

Pero ¿cuándo iba a dejar de pensar en él?

Angela dejó unos papeles en su mesa de despacho. Después, señaló una firma en la última página.

—Tiene que firmar aquí y ahí antes de que devuelva los papeles al departamento de contratos.

Xanthe agarró su bolígrafo de oro y firmó. Entonces, sintiéndose confusa y fatigada, preguntó:

—Angela, ¿te importaría decirme otra vez de qué trata el contrato con Calhoun?

Oyó a Angela tomar aire. Cuando su secretaria respondió, lo hizo en tono de preocupación.

—Es el acuerdo en el que lleva trabajando tres meses... una inversión en la nueva terminal de Belfast.

Xanthe contuvo las lágrimas que amenazaban con aflorar a sus ojos. ¿Por qué no podía dejar de pensar en todo lo que Dane había dicho y hecho? ¿Por qué no dejaba de pensar en una excusa para volver a ponerse en contacto con él?

En ese momento, sonó el intercomunicador. Xanthe apretó una tecla mientras Angela recogía los documentos y volvía a meterlos en una carpeta.

–Dime, Clare –dijo Xanthe dirigiéndose a la joven en prácticas que Angela llevaba preparando para el trabajo toda la semana.

–Hay un caballero que desea verla, señorita Carmichael. Dice que tiene unos papeles que son suyos. Insiste en verla. ¿Le digo que pase a su despacho?

–Dile que deje los papeles ahí –Xanthe volvió a pulsar la tecla para interrumpir la comunicación–. ¿Podrías ver qué es, Angela? Creo que voy a irme a casa.

–Por supuesto, señorita Carmichael.

Pero, en el momento en que Angela abrió la puerta, Xanthe alzó la cabeza al oír una voz grave interpelando a la chica en prácticas. Después, se quedó sin aliento al ver entrar a Dane en su despacho.

–Perdone, señor, pero no puede entrar aquí. La señorita Car...

–¡Claro que puedo!

Pasó por delante de Angela, a pesar de que esta había intentado interrumpirle el paso.

–Tenemos que hablar, Red.

Xanthe se puso en pie con piernas temblorosas. La alegría que sintió hizo que le pareciera que estaba flotando. Estaba perpleja y confusa mientras Dane se acercaba a su escritorio enfundado en un traje gris claro y camisa blanca.

–¿Qué haces aquí?

¿No le había dejado claro que no quería volver a verle? ¿Acaso Dane era incapaz de respetar sus deseos? No podía despedirse de él otra vez, no era justo.

Dane se sacó unos papeles del bolsillo de la chaqueta del traje y los dejó dando un golpe encima del escritorio.

–He venido a decirte que no voy a firmar esto.

–¿Quiere que llame a los de seguridad? –preguntó Angela con el rostro encendido.

«Si fuera tan sencillo como eso...».

–No te preocupes, Angela.

–Soy su marido –declaró Dane al mismo tiempo.

–¿Perdone? –la cara de Angela enrojeció aún más.

–Yo me encargaré de esto –dijo Xanthe a Angela, segura de que, de alguna manera, encontraría la fuerza necesaria para apartarle de su vida de una vez por todas–. Por favor, sal y cierra la puerta.

Después de que su secretaria se marchara y cerrara tras de sí, Xanthe miró los arrugados papeles, los papeles del divorcio. Los que había intentado hacerle firmar para proteger a su empresa.

–Si has acabado de molestar a mis empleados, ¿te importaría explicarme por qué te ha parecido necesario venir a decirme algo que ya sé? La disolución de nuestro matrimonio es ya una mera formalidad. Por si tu abogado no te lo ha dicho, he vuelto a enviarte los papeles del divorcio. En ellos, no hay nada que te impida firmarlos. Que renuncies o no a las acciones de la empresa es cosa tuya, has conseguido lo que querías.

–He recibido los papeles y no voy a firmarlos.

–Pero... ¿Por qué no?

¿Quería seguir torturándola? ¿Quería prolongar su agonía? ¿Qué había hecho ella para merecer ese castigo?

–Porque no quiero –respondió él al tiempo que su mirada se suavizaba–. Porque eres importante para mí.

–No, no lo soy –replicó Xanthe. De repente, se sentía desesperadamente cansada y triste.

No quería la compasión de Dane.

–No me digas lo que siento o dejo de sentir por ti, Red.

–Por favor, no me llames Red.

El dulce apodo era demasiado doloroso.

–He venido a pedirte perdón –dijo Dane–. Quiero que me perdones por ser un perfecto imbécil y, más o menos, por todo.

Xanthe echó la cabeza hacia atrás. Tenía el corazón destrozado y el pánico le cerraba la garganta.

–No puedo pasar por esto otra vez. Tienes que marcharte.


Dane vio el dolor que había causado a Xanthe en las sombras bajo sus ojos que ni el exquisito maquillaje podía disimular.

Se sintió un auténtico cobarde. Llevaba dos semanas luchando contra sus fantasmas y había ido allí para enfrentarse a ellos. Tenía que arriesgarlo todo. Tenía que decirle la verdad a Xanthe. Toda la verdad.

–No quiero divorciarme de ti, nunca quise hacerlo –declaró Dane con un esfuerzo ímprobo–. Te quiero. Creo que siempre te he querido.

Xanthe se quedó inmóvil, lo único que se oía era su respiración. El sol, a sus espaldas, hacía que su cabello rojizo dorado brillara. Pero entonces, de re-

pente, se desvaneció la euforia que había sentido por
tener el valor de decirle lo que debería haberle dicho
años atrás.

–No te creo –murmuró ella. Su expresión parecía
cansada y confusa, pero no alegre–. Si me hubieras
querido, te habrías fiado de mí. Y nunca lo hiciste.

Dane no perdió la esperanza, sabía que tenía una
posibilidad, aunque fuera remota. Además, estaba
decidido a no estropearlo.

–Confiaba y confío en ti. Lo que pasa es que no lo
sabía.

–No confiaste en mí cuando tuve el aborto, creías
que lo había hecho voluntariamente. Y tampoco confiaste en mí el otro día, cuando pensaste que te había
engañado con lo de la píldora anticonceptiva. ¡Por favor, Dane, incluso examinaste mis artículos de aseo!

–Lo sé. Pero todo eso se debe a algo que me pasó
mucho antes de conocerte. Ahora, por fin, lo veo
claro.

–¿Qué es lo que te pasó?

Debería haber adivinado que Xanthe no se con-
formaría con creerle sin más.

–Una vez me preguntaste por mi madre.

–Sí. Y tú me dijiste que murió cuando eras pequeño, igual que la mía.

Dane sacudió la cabeza. ¿Cuántas mentiras había
contado a Xanthe para protegerse a sí mismo?

–Mi madre no murió, se marchó.


–¿Qué? ¿Cuándo?

Xanthe le miró sin comprender mientras él bajaba

la cabeza y ponía las manos en el escritorio. Se sentía agotada, el corazón se le había partido en mil pedazos. Dane le había dicho que la quería, pero... ¿podía creerle?

–Cuando era un niño –respondió él con un suspiro–. Yo debía de tener unos ocho o nueve años.

–No comprendo qué tiene eso que ver con nosotros.

Dane se pasó la mano por los cabellos. Por fin, alzó el rostro y la miró a los ojos. El tormento que reflejaban la silenció.

–Yo tampoco lo he comprendido... hasta ahora. Creía que no me afectaba, que lo había superado. Al principio, la eché mucho de menos; después, la odiaba por haberme abandonado. Pero, al final, traté de convencerme a mí mismo de que la había olvidado.

–¿Pero no era así?

Dane negó con la cabeza y luego, mirando hacia la ventana, dejó que sus ojos se perdieran en el horizonte.

–Mi padre, cuando estaba borracho, también le pegaba a ella. Me acuerdo que mi madre me obligaba a esconderme; una noche, escondido durante lo que me parecieron horas, oí gritar a mi padre y llorar a mi madre. El ruido de...

Dane tragó saliva y ella vio el trauma de aquella vivencia reflejado en su rostro. Un trauma que Dane le había ocultado hasta ese momento.

–Mi madre estaba embarazada. Mi padre le pegó y luego se marchó de casa otra vez, supongo que para seguir bebiendo. Cuando salí de mi escondite, mi madre estaba haciéndose la maleta. Yo le rogué que me llevara con ella, pero me dijo que no podía, que tenía que proteger al bebé que llevaba dentro. Me dijo que yo ya era lo suficientemente mayor para cuidar de mí mismo y que volvería a por mí. Pero nunca vino a por mí.

¿Era ese el motivo de que a Dane le hubiera resultado tan difícil confiar en ella... o en cualquier otra persona? ¿Porque la única persona que debería haberse quedado con él, la persona que había prometido protegerle, le había abandonado?

–Dane, lo siento.

Xanthe sintió una infinita compasión por el niño que se había visto obligado a madurar con demasiada rapidez. Pero aunque deseaba consolarle con todo su corazón, sabía que ya era demasiado tarde para ello.

–Ya da igual, pasó hace mucho tiempo. Y, en cierto modo, me ha hecho más fuerte. Superar eso me ha hecho capaz de superar cualquier cosa.

–Ahora entiendo por qué te resulta tan difícil dar muestras de debilidad.

Y realmente lo comprendía. Dane se había valido por sí mismo para sobrevivir desde muy temprana edad. Su autonomía era lo que le había salvado, ¿por qué iba a querer renunciar a ella?

–Pero yo no puedo estar con un hombre que no me necesita tanto como yo a él. Lo mismo me pasó con mi padre. El día del aborto, esperé a llamarle porque no quería traicionarte.

La emoción le cerró la garganta, pero debía hablar.

–Te amo, Dane, y supongo que siempre te amaré.

Contigo me siento más viva que con ninguna otra persona. Pero no puedo estar contigo, no puedo volver a vivir contigo, si no es en condiciones de igualdad. Y nunca seremos iguales en una relación si tú te encierras en ti mismo y no te abres a mí.

Entonces, Dane la agarró de las muñecas y la atrajo hacia sí. Apoyó la frente en la de ella y, con los labios casi pegados a los suyos, susurró:

–Por favor, dame otra oportunidad. Quería a esa chica porque era dulce, divertida, sensual y frágil. Creí que podría protegerla, para compensar no haber podido proteger a mi madre. Y me encanta ver que parte de esa chica sigue viva en la mujer en la que te has convertido.

Dane le puso una mano en la mejilla y le secó la lágrima que había escapado de sus ojos.

–¿Es que no te das cuenta, Dane? Yo ya no soy esa chica. Esa chica te permitió dominarla, pero yo ya no lo permitiré.

–Shh... Déjame terminar, Red.

La sonrisa ladeada de él y el uso del viejo apodo le llegó al corazón.

–Lo que iba a decir también es que, por mucho que quisiera a esa chica, quiero mucho más a la mujer en la que se ha convertido.

Xanthe, temerosa de albergar falsas esperanzas, dio un paso atrás.

–No digas lo que no es verdad.

–¿Crees que te he contado lo de mi madre para darte pena? –Dane le acarició los labios con la yema del pulgar–. Te lo he contado porque quiero que sepas por qué me ha llevado tanto tiempo darme cuenta de lo que es obvio. La verdad es que estaba muy asustado, Red. Me aterrorizaba lo mucho que te necesitaba. ¿Quieres saber lo que sentí cuando entraste en mi despacho y me dijiste que todavía estábamos casados?

–¿Horror?

Dane se echó a reír, pero sus carcajadas carecían de humor.

–Sí, quizá un poco. Pero lo que sentí sobre todo fue... añoranza.

–Eso es por el sexo.

–Sí, eso era lo que quería creer. Nos pasó a los dos. Pero también sabemos que no es verdad.

Xanthe bajó la cabeza, pero él, poniéndole un dedo en la barbilla, la obligó a alzarla.

–Me encanta ver que eres una mujer que se vale por sí misma. Sigues siendo tierna, dulce y sexy, pero también lo suficientemente dura y fuerte para no permitirme que me salga siempre con la mía. Puede que, en ocasiones, nos tiremos los trastos a la cabeza. Puede que, a veces, sea reservado y me cueste hablar de mis problemas. Pero no quiero firmar esos papeles. Quiero que demos otra oportunidad a nuestro matrimonio, una verdadera oportunidad.

–Pero yo vivo en Londres y tú en Nueva York. Y los dos...

–Si queremos, encontraremos la forma de hacerlo –la interrumpió Dane–. Para eso debemos estar dispuestos a intentarlo.

La respuesta era sencilla porque ella jamás había dejado de amarle.

–Hay un problema, yo ya no puedo tener hijos de forma natural. Pero me gustaría con locura ser madre.

–En ese caso, podríamos recurrir a la inseminación artificial o a la adopción.

–¿Harías eso por mí?

–No solo por ti, por mí también. Quiero verte siendo madre, siempre lo quise. No te lo dije en su momento porque me aterrorizaba no poder ser un buen padre.

La sonrisa que Xanthe le dedicó llevaba una promesa de felicidad.

–Yo diría que eres lo suficientemente autoritario como para ser un buen padre –comentó ella con humor–. Y protector y severo y divertido...

Xanthe se abrazó a él.

–¿Significa eso que sí, que estás dispuesta a lanzarte a la aventura conmigo? –preguntó Dane con una sonrisa traviesa.

–Si tú estás dispuesto, yo también.

Dane la agarró y la levantó del suelo.

–¿Significa eso que vamos a hacer las paces con mucho sexo?

La ardiente mirada de Dane la excitó como de costumbre; pero esa vez, con mucha más intensidad. Porque esa vez Xanthe sabía que sería para siempre.

–Estamos en mi despacho, en mitad del día. No sería apropiado...

–¡Al demonio con las convenciones sociales!

# Epílogo

TÚ HAZTE cargo de esa, yo me encargaré de este.

Xanthe lanzó una carcajada al tiempo que agarraba a su hijo de tres años, Lucas, antes de que el niño echara a correr hacia la piscina, mientras Dane iba a por su hija de un año que había decidido arrastrarse a gatas en dirección contraria.

Rosie se rio y pataleó cuando la persona a la que más quería en el mundo la agarró en sus brazos como si fuera un saco de patatas, unas patatas extraordinarias, y la llevó a la casa situada sobre una colina al lado del mar.

Después del tercer intento de inseminación artificial dos años atrás, Dane y ella habían emprendido la ardua tarea de adoptar un niño. Unos meses después, sorprendentemente, ella se había quedado embarazada, la misma semana que les habían ofrecido un niño que necesitaba desesperadamente un hogar. Había sido algo maravilloso al mismo tiempo que aterrador.

Padres de dos hijos de repente. ¿Se habían creído capaces de dar a Lucas la atención que necesitaba al mismo tiempo que encargarse de un recién nacido?

Xanthe recordaba las largas conversaciones durante la noche al respecto. Pero después de conocer a Lucas, la decisión había sido fácil. Los dos se habían enamorado del pequeño al instante, al igual que había ocurrido con la hermana de Lucas el día que nació.

–Mamá, quiero bañarme más –declaró Lucas.

–Es la hora de la cena, cielo –dijo Xanthe a su hijo mientras este trataba de escapar–. Ya no hay más baños hoy.

–¡Sí, mamá, quiero bañarme! –gritó el pequeño pataleando.

–Eh, vamos a cambiar –Dane dio un beso a Rosie en la nariz y le pasó la niña a ella–. Tú encárgate de darle a la diva de los pañales la cena que yo meteré en la bañera al «terminator».

Dane se echó el niño a los hombros.

–Vamos, enano, a la bañera.

–Papá, ¿vamos a jugar con los barcos?

–Pues claro. Pero esta vez ganaré yo.

–No, papá, siempre gano yo.

Lucas se echó a reír, una risa que Xanthe adoraba, mientras Dane subía con él a cuestas las escaleras de la mansión que habían comprado en los viñedos para pasar las vacaciones y a la que estaban pensando en mudarse permanentemente.

Dane había trasladado su equipo de diseño de las oficinas de Nueva York a Cape Cod y ahora estaba pensando en reubicar allí también el departamento de marketing. Su negocio era un éxito y los clientes estaban dispuestos a acudir a él.

Xanthe paseó la mirada por la espalda desnuda de Dane, sus viejas cicatrices apenas resultaban visibles por el bronceado de su piel. El amor que sentía por ese hombre cada día que pasaba era más profundo.

Las actividades de placer tendrían que esperar a que los niños estuvieran dormidos.

Rosie bostezó, apoyó la cabeza en el hombro de Xanthe y se metió un dedo en la boca. Xanthe le acarició la mejilla a su hija, que olía a crema de protección solar, a sal y a ese aroma de bebé que le llegaba al corazón.

–Vamos a ver si conseguimos darte algo de comer antes de que te quedes dormida, diva de los pañales.

Después de un día en la playa acompañando a su padre y a su hermano mientras estos construían un barco de arena, el bebé no se tenía en pie.

Ella, el ama de llaves, salió de la cocina y a Xanthe le rugió el estómago al oler el pastel de pollo que Ella había preparado para la cena.

–¿Quiere que dé de comer a la niña mientras usted se da una ducha?

–No, no hace falta –respondió Xanthe sonriendo.

Ella y su marido, John, eran un matrimonio de cincuenta y tantos años con hijos ya casados. Xanthe no sabía qué habrían hecho Dane y ella sin la pareja, que se encargaba de las tareas domésticas e incluso, de vez en cuando, de los niños. Sobre todo, teniendo en cuenta que tanto Dane como ella dirigían empresas multinacionales.

–¿Por qué no se toma el resto del día libre? Nosotros nos encargaremos de todo –añadió Xanthe–. Por cierto, el pastel de pollo huele deliciosamente.

–Gracias. En ese caso, me marcharé ya –Ella sonrió.

–Gracias por todo, Ella.

Ella dio a Rosie un beso en la frente, se despidió y se marchó a la casa de la propiedad en la que su marido y ella vivían.


–¿Qué te parecería que fuéramos con los niños a Montserrat el mes que viene?

–¿Umm...?

Xanthe tenía apoyada la cabeza en el pecho de su marido mientras él le susurraba junto al cabello y posaba las manos en su vientre.

El sol había empezado a ocultarse por el horizonte y confería a la superficie de la piscina un brillo rojizo. Xanthe se sentía gloriosamente lánguida ahí de pie en la terraza. Habían cenado el exquisito pastel de pollo de Ella, acompañado de una copa de vino, y los niños estaban ya dormidos.

–¿Montserrat? ¿El mes que viene? –repitió Dane en un susurro mientras le mordisqueaba el lóbulo de la oreja–. Tengo que poner a prueba un nuevo diseño. Se me ha ocurrido que podríamos alquilar una casa y llevar a Ella y John con nosotros para que nos ayuden con los niños mientras trabajamos. Puede incluso que pudiéramos salir a navegar solos.

Xanthe alzó la cabeza y le miró a los ojos.

–Me parece bien –respondió ella–. Siempre y cuando tengamos conexión a Internet, podré encargarme del asunto de Shanghái.

Xanthe puso las manos en las mejillas de su esposo, le dedicó una sonrisa sensual y vio cómo se le oscurecían los ojos al instante.

–Pero ahora lo único de lo que quiero encargarme es de ti.

La sonrisa que Dane le lanzó fue tanto una promesa como una provocación.

–¿En serio crees que puedes encargarte de mí?

Dane deslizó las manos por debajo de sus pantalones cortos, le cubrió las nalgas desnudas y la atrajo hacia sí hasta hacerla sentir su erección.

Al instante, la excitación sexual la hizo temblar.

–Por supuesto –contestó ella en tono desafiante.

–Eso vamos a verlo...

Dane la levantó, cruzó la casa y subió las escaleras con ella en brazos para llevarla a su habitación. Pero después de depositarla en la cama y de que ambos se hubieran desnudado, la miró con un amor reflejo del suyo propio.

–Eres una bruja –dijo Dane acariciándole la aréola de un pecho–. Una bruja del mar.

Xanthe lanzó un gemido de placer.

–Mi bruja del mar –añadió él.

Xanthe dio un salto en la cama cuando Dane le mordisqueó un pezón.

–Y tú pareces dispuesto a recordármelo en todo momento –contestó ella casi sin respiración.

–Por supuesto –respondió Dane antes de demostrárselo sin dejar lugar a dudas.

# Bianca

**«No irás a ninguna parte.
No hasta que des a luz».**

Zafir Al Masood, el nuevo rey de Behraat, no había hecho nada tan difícil como abandonar a una neoyorquina increíblemente apasionada, Lauren Hamby. Él se debía a la política de su país, y su aventura con Lauren había sido el único momento verdaderamente bello de toda su vida.

Pero, cuando descubrió que Lauren iba a tener un hijo suyo y que pretendía mantenerlo en secreto, la encerró en su palacio. A diferencia de él, su hijo no quedaría relegado a ser el hijo natural de un rey. Pero solo había una forma de impedirlo: casarse con ella.

## LA PRISIONERA DEL JEQUE

**TARA PAMMI**

# Acepte 2 de nuestras mejores novelas de amor GRATIS

## ¡Y reciba un regalo sorpresa!

# Oferta especial de tiempo limitado

**Rellene el cupón y envíelo a**

**Harlequin Reader Service®**
3010 Walden Ave.
P.O. Box 1867
Buffalo, N.Y. 14240-1867

**¡Si!** Por favor, envíenme 2 novelas de amor de Harlequin (1 Bianca® y 1 Deseo®) gratis, más el regalo sorpresa. Luego remítanme 4 novelas nuevas todos los meses, las cuales recibiré mucho antes de que aparezcan en librerías, y factúrenme al bajo precio de $3,24 cada una, más $0,25 por envío e impuesto de ventas, si corresponde*. Este es el precio total, y es un ahorro de casi el 20% sobre el precio de portada. ¡Una oferta excelente! Entiendo que el hecho de aceptar estos libros y el regalo no me obliga en forma alguna a la compra de libros adicionales. Y también que puedo devolver cualquier envío y cancelar en cualquier momento. Aún si decido no comprar ningún otro libro de Harlequin, los 2 libros gratis y el regalo sorpresa son míos para siempre.

416 LBN DU7N

| | | |
|---|---|---|
| Nombre y apellido | (Por favor, letra de molde) | |
| Dirección | Apartamento No. | |
| Ciudad | Estado | Zona postal |

Esta oferta se limita a un pedido por hogar y no está disponible para los subscriptores actuales de Deseo® y Bianca®.
*Los términos y precios quedan sujetos a cambios sin aviso previo.
Impuestos de ventas aplican en N.Y.

SPN-03                                                    ©2003 Harlequin Enterprises Limited

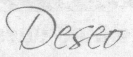

## Luna de miel en Hawái
## Andrea Laurence

Cuando Lana Hale le pidió al magnate hotelero Kal Bishop que se casara con ella, él se sintió incapaz de defraudar a su amiga. Para evitar que trasladaran a la sobrina de Lana a un hogar de acogida, Lana necesitaba un marido.

Antes de que se dieran cuenta, el papel de enamorados que estaban interpretando se volvió real, y cuando ya no había necesidad de que siguieran adelante con la farsa, Kal se vio perdiendo a una esposa a la que ni siquiera sabía que deseaba. ¿Se arriesgaría ahora el reticente esposo a hacer su propia proposición de matrimonio?

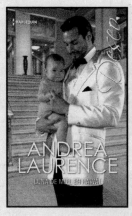

*El lujoso hotel hawaiano se convirtió en escenario de una luna de miel inesperadamente apasionada…*

**Siempre había obedecido a todos.
Había llegado el momento de rebelarse.**

*Tienes un nuevo mensaje…*

*Escucha lo que voy a decir-te, Catalina: puede que seas una princesa, puede que lle-ves mi anillo, puede que te hayas llevado doscientos mil euros míos… pero el hijo que crece en tu vientre es mío, y voy a encontrarte.*

Catalina nunca se había sali-do del camino trazado hasta que aquella noche robada en Navidad, una noche de pasión irrefrenable con el millonario francés Nathaniel Giroud, cambió su vida para siempre.

Ahora, oculta en los Pirineos, Catalina estaba decidida a proteger a cualquier precio al bebé que crecía en su in-terior y a ahorrarle una inso-portable vida entre la realeza. ¡Aunque para ello tuviera que desafiar al marido que tan desesperadamente ansiaba!

## LA PRINCESA REBELDE

**MICHELLE SMART**